Bis ans Limit

Elisabeth Zöller
Brigitte Kolloch

Bis ans Limit

Elisabeth Zöller
Brigitte Kolloch

Klopp · Hamburg

Wir danken Annett Stütze und Dr. Christoph Möller für ihre aktive Unterstützung. Ohne ihre Anregungen wäre dieses Buch nicht möglich gewesen.

Zu diesem Titel gibt es eine Lehrerhandreichung unter www.vgo-schule.de.

FSC
Mix
Produktgruppe aus vorbildlich bewirtschafteten Wäldern und anderen kontrollierten Herkünften
www.fsc.org Zert.-Nr. GFA-COC-001223
© 1996 Forest Stewardship Council

Einband und Reihengestaltung: Kerstin Schürmann, formlabor
unter Verwendung eines Fotos von iStockphoto.com/Kuzma
Reproduktion: Die Litho, Hamburg
Druck und Bindung: CPI – Clausen & Bosse, Leck
Printed in Germany 2009
ISBN 978-3-7817-2382-5

www.erika-klopp.de

»Ich bin kein Alkoholiker.
Ich trinke mein Bier! Einfach easy!
Bleib locker, Alter!«
Was die immer denken.
Oder war das ein Spaß?

Ich radel mit dem Fahrrad zu unserer Kneipe. Grauer Himmel, Wolken.

Regen klatscht mir ins Gesicht. Eigentlich kein Wetter zum Rausgehen. Ich schmeiß mein Rad an die Mauer. Da tritt mir so ein Typ auf den Fuß.

»Autsch! Spinnst du?«

»Willste eins ...?« Er hebt seine Faust. Schnell verschwinde ich im Ten Forward. Wohlige Wärme, dunkel, vertraut. Ich angel mir einen Stuhl.

Marco beugt sich über die Tischplatte. Sorgfältig legt er Zigarettenblättchen aus, als ob er einen Bastelwettbewerb gewinnen will. Vorsichtig rupft er eine von meinen Gauloises auseinander, nimmt den Filter heraus und bröselt den Tabak auf die Zigarettenblättchen. Streicht sich die Haare aus der Stirn. Konzentrierter Blick.

»Was wird'n das, wenn's fertig ist?«

»Muss alles seine Ordnung haben, Alter. Trink einfach

dein Bier und lass den guten Marco mal machen.« Manchmal könnt' ich Marco für seine blöden Sprüche einfach eine reinhauen. Aber, Peace, Mann, mit dem Loser prügel ich mich nicht, ich trink mein Bier. Wolke und Pascal, die am Nebentisch sitzen, grinsen blöd.

Ich, Florian, 15, ich rauche wenig, trinke in Maßen und von Drogen lass ich die Pfoten. Ich bin doch kein Penner. Das Leben liegt vor mir, jedenfalls erst mal das Wochenende. Hanna hat keine Zeit und meine Eltern sind sowieso nicht da, und was sollte man auch mit denen? Die Einzigen, mit denen man ordentlich abhängen kann, sind Marco und Nico. Hab ich zufällig kennengelernt. Marco ist Schlosser und Nico ist voll der Proll. Keine Ahnung, was der so treibt. Nicht viel, nehm ich an. Aber das ist jetzt gemein.

Marco zuckt nur die Schultern. »Reg dich ab.«

Jetzt bröselt Marco noch kleine braune Klümpchen in sein Kunstwerk. Die Kellnerin stellt mir wortlos eine neue Flasche hin, coole Kneipe, das Ten Forward. Marcos »Kunstwerk« quittiert sie mit einem Lächeln. Marco feixt: »Feine Sache.«

Jetzt kommt auch noch Wolke an unseren Tisch. Ungefragt setzt er sich dazu. Knallt sein Bier auf den Tisch und schaut in die Runde. War ja klar, der hat 'ne Nase dafür, wo's was Gutes gibt.

Und dann gehen sie raus und fangen an zu rauchen, Marco, Nico und Wolke. Und ich. Klar rauche ich mit, als die Tüte die Runde macht. Eigentlich rauche ich ja nicht, aber zum Bier schmeckt ein bisschen Tabak einfach besser. Na ja, ist ja nicht nur Tabak und im Regen vor der

Kneipentür ist es auch nicht so richtig gemütlich. Was soll's. Trink ich halt noch ein Bier. Frisch aus dem Kühlschrank ist es am besten.

»Edel«, murmelt Nico.

»Sag ich doch, feine Sache.« Marco grinst. Aber dann gehen wir alle schnell wieder rein.

Die Kellnerin stellt eine kleine Plastikschale Erdnüsse auf den Tisch. »Salz, Jungs. Denkt an die Elektrolyte.«

Marco grinst noch breiter. Im Radio spielen sie mein Lieblingslied von Calexico. Es ist Freitagnacht. Genug Kohle für genug Bier und niemand, der Stress macht. Der perfekte Freitagabend. Mir geht's gut. Richtig gut.

Zwei Monate später.

»Nimm die Jacke und verzieh dich!«, schreie ich Mama an.

Wie kann sie nur denken, dass sie sich mit einer neuen CAT-Jacke bei mir einschleimen kann?

»Ich mein's doch nur gut.« Auf die Sprüche kann ich echt verzichten. Nie da sein und es dann gut meinen. Scheiße, ich brauch keine Jacke. Nicht so.

»Flori, bitte.« Mama streicht sich ihre Wuschellocken hinters Ohr. Sie schaut mich ernst an, fast bittend. Ein bisschen Traurigkeit ist auch in ihren Augen. Sie hat ihren Hosenanzug an, die Jacke bis obenhin zugeknöpft. Darüber einen bunten Schal, der muss neu sein, jedenfalls hab ich das Teil bisher noch nie an ihr gesehen. »Flori, ich würde …«

»Was denn? Hausaufgaben hab ich gemacht. Interessiert dich doch sonst nicht.«

»… ich würde gern am Wochenende etwas mit dir unternehmen.«

»Das darf doch nicht wahr sein«, platzt es aus mir heraus. »Und damit kommst du jetzt an? Soll ich meinen Kumpels absagen – Baby macht Ausflug mit Mama? Nee, du. Ausgeschlossen.«

»Dann nicht.« Mama hebt die Schultern. Hilflos sieht sie aus, fast resigniert. Dann bückt sie sich. Neben ihr steht schon ihre Aktentasche. Sie geht ins Büro, wie immer. Wird wieder ein langer Abend. Auch wie immer. Mama baut ihre Kanzlei auf. »Das kostet Kraft«, sagt sie entschuldigend, wenn ich sie frage. »Und Zeit.«

»Du hast doch eh nie Zeit!«, brülle ich ihr hinterher.

Mama zuckt, und in mir brennt alles. »Tut mir leid«, flüstere ich, aber das hört Mama nicht mehr, sie ist schon zur Tür hinaus.

So ist es in letzter Zeit immer öfter. Eigentlich fast jeden Abend. Ich mach mir ein Bier auf.

Und ich will auch Spaß. Und alleine rumsitzen ist doof. Ich bin kein Alkoholiker. Alkoholiker sind die, die die richtig harten Sachen trinken. Die Penner im Park. Ich nicht. Ich hab das im Griff. Drauf geschworen.

Was denkt Mama? Was bildet die sich ein! Mir das zu sagen, einfach so!

Hat die doch einfach meine Flaschen im Zimmer gezählt. Ja, klar, ich hab das Leergut ein paar Tage nicht weggebracht. Wie lange eigentlich nicht? Keine Ahnung. Pfeif auf das Pfand. Ich werde schon wieder wütend. Ist doch mein Zimmer. Hat sie doch sonst nie interessiert, wie mein Zimmer aussieht. Hat sie auch nicht interessiert, mit wem ich abhänge. Hauptsache, sie hat ihre Ruhe und ich mach keinen Stress. Wie war das gestern?

»Florian, ich möchte nicht, dass du so mit mir sprichst«, sagt Mama. »Lass uns vernünftig reden.«

»Blablabla«, äffe ich sie nach. Blablabla, alles nur noch Blabla. Mama nervt. Aber Mama ist sowieso schon auf dem Sprung. In die Kanzlei. Wie immer.

Am Abend geh ich wieder in die Kneipe. Ist eh keiner zu Hause. Schön warm hier. Nette Leute.

»Wir haben dir ein Plätzchen freigehalten«, grölt Marco, als ich zur Tür reinkomme.

»Was geht«, murmele ich.

»Komm erst mal an.« Nico grinst. Pascal und Wolke sind auch da. Hängen über ihren Bierflaschen und grinsen. Sieht nach 'ner gemütlichen Runde aus.

»Wie immer?«, fragt die Kellnerin.

»Klaro.«

Seit drei Tagen habe ich Mama nicht mehr gesehen. Sie ist nie da. Und wenn sie doch mal da ist, spricht sie nicht mit mir. Aber jetzt will Mama reden. Wieso, bitte, soll ich jetzt lieb und nett sein? Ich hab keinen Bock auf Laberstunde.

»Tür zu!«, schreie ich. »Und zwar von außen!«

Ohne ein Wort geht sie raus.

Jetzt macht sie wieder einen auf leidende Mutter. Heult sie jetzt? Ach, was habe ich es schwer mit meinem pubertierenden Jungen. Blablabla ...

Soll man sich als Pubertierender ein Schild umhängen, auf dem steht: »Nicht ansprechen. Wegen Umbau geschlossen!«?

Aber Spaß beiseite: Die Frau hältste ja im Kopf nicht aus. Ich schmeiß mich aufs Bett.

Ich geh an den Kühlschrank. Ich hole mir ein Bier. Das Bier ist mein Freund. Das Einzige, was noch zum Aushalten ist in diesem Haus. Ich proste mir zu. Dann verkrieche ich mich nach oben und werfe den Fernseher an. Ich zappe herum. Donald Duck quietscht, dann eine schmachtende Stimme: »Ich will dich.« Und ein Riesendampfer geht unter …

Die unten klappern schon wieder. Wird wohl Papa sein. Sein Gang an den Kühlschrank. Prost, Papa!

Am Abend schleich ich mich noch mal aus dem Haus. In der Ätzbude ist es nicht auszuhalten. Doch gut, dass ich Marco und Nico vor ein paar Monaten bei einer Party kennengelernt habe. Ich war da mit Mattis und Hanna. Am Anfang war ich ganz schlecht drauf. Ätz-Klassenlehrer Schubert hatte mal wieder Stress gemacht. Ich wäre so vorlaut und er müsse wohl mal mit meinen Eltern sprechen. Als ich ihm dann sagte, dass meine Eltern dafür eh keine Zeit hätten, ist er völlig ausgerastet. Von wegen unverschämten Verhaltens. Sogar zum Direx sollte ich. Dann meinte er noch mit seiner fiesen Fratze: »Ich schicke den Brief an die Kanzlei deiner Mutter.« Soll er doch, zu Hause erreicht er Mama sowieso nicht mehr.

Ich bin einfach gegangen. Zum Glück war Wochenende und ich musste den Typen erst mal zwei Tage nicht sehen.

Mit Nico und Marco geht's auf jeden Fall immer ordentlich ab. Die haben mir auch die Kneipe gezeigt. Dort kriegt man sein Bier, die nehmen's nicht so genau. Und Marco und Nico sind ja auch schon älter. Ich bin jedenfalls froh, die Jungs auf der Party getroffen zu haben und die jetzt zu haben. Meine Leute waren Partybremsen. Die hatten Angst.

Nico hatte mich auf der Party vor dem Klo angerempelt und so kamen wir ins Gespräch. Was haben wir gesoffen! Ich weiß gar nicht mehr, wie ich nach Hause gekommen bin. War echt cool mit den Jungs, anders cool. Wir hängen jetzt öfter zusammen ab.

Da muss man nicht mehr denken.

Nicht nachdenken.

Tut nur weh.

Und ändern kannste sowieso nichts.

Ich starre aus dem Fenster.

»Hörste mir überhaupt zu?«, ranzt mich Nico an. »Der Marco hat einen voll geilen Plan und du pennst.«

»Ach ja?«

»Ach ja. Endlich ein Ding drehen.«

Marco starrt mich fest an. »Müsste man.«

Ich nicke, langsam. »Man müsste.«

Dann drehe ich mein leeres Glas um und überlege. »Muss man.«

Wolke sitzt auch schon wieder an unserem Tisch. »Biste blau, Mann?«, grinst er. »Dann musste nach Hause, Mann.«

»Müsste man.« Ich stehe auf, krame Geld aus der Hosentasche und lege es auf den Tisch. Dann gehe ich langsam raus. Vor der Tür weht mir ein kalter Wind ins Gesicht. Ich schwanke zu meinem Fahrrad und gondel nach Hause.

Auf der Straße liegt inzwischen eine dünne Schneeschicht. Der Weg ist glatt und ich schaukel wie ein Schiff auf allzu hoher See.

»Da bist du ja«, sagt Hanna am nächsten Morgen auf dem Schulhof. Mannomann, sieht die wieder gut aus mit ihren schönen blonden Haaren. Soll ich ihr sagen, wie trist das bei mir zu Hause in der letzten Zeit ist? Soll ich das Hanna wirklich sagen? Aber eigentlich ist ja nichts passiert. Der übliche Zoff. Oder vielleicht schon ein bisschen mehr. Papa sagt kaum noch was und Mama ist kaum noch da. Manchmal schreien sie sich an, nachts. Aber hat nicht jeder mal Stress zu Hause? Ich weiß nicht. Hanna wäre vielleicht die Einzige, die mich versteht. Aber dann fang ich an zu heulen. Geht nicht. Kann nicht heulen. Nicht hier, nicht auf dem Schulhof, nicht vor Hanna. Muss stark bleiben.

Hanna steht vor mir, schaut mich mit ihren großen Augen an. Blau sind die und dunkel umrandet. Und ich kann nichts sagen. Ich zucke nur mit den Schultern. Schau an ihr vorbei. Gleich bricht alles aus mir raus. Geht aber nicht. Mein Blick wird starr. Die Pausenglocke erlöst mich. Hanna schaut mich noch einmal an. »Hast du was, Flori?«, fragt sie leise.

»Was soll ich schon haben.« Ich schau immer noch an ihr vorbei. »Alles roger.«

Hanna schüttelt den Kopf. Ganz leicht nur, unmerklich. Aber ich sehe, wie ihre Haarspitzen wippen. Dann geht sie mit den anderen hinein.

Früher war reden leichter.

Hanna ist doch meine beste Freundin. Ich kenne sie seit

den Windeln. Sie hat mir die Sandschaufel auf den Kopf gekloppt. Sie hat mir die ersten Kindergartengeheimnisse erzählt. Ihr größter Wunsch, den sie dann auch stur durchsetzte: Ich heiße nicht mehr Hanna, ich heiße Pippi. Von Pippi Langstrumpf.

Dass Hannas Mutter danach sofort das Buch verschwinden ließ, war klar. Aber sie hatte schon zu viel vorgelesen. Hanna wollte ein Pferd auf der Terrasse, wünschte sich zu Weihnachten einen Affen, und Hanna und ich hatten danach ein großes Geheimnis: Wir wollten mit sieben heiraten und nach Taka-Tuka-Land ziehen. Nur dass es dort keine Schule gab, fanden wir doof. Wir, Pippi und ich, fanden Schule lustig und spannend. Wir erfanden Zahlenrätsel, lasen uns schon in der zweiten Klasse Bücher vor und wollten Erfinder werden. Mein Opa machte mit uns die ersten Erfindungen. Im Garten unterm Apfelbaum und in meinem kleinen Zimmer. Opa gab uns einen Stups und wir erfanden. So einfach war das. Die Welt war ein großes buntes Zelt, in dem wir willkommen waren. Lichtdurchflutet und dem Wind ausgesetzt. Wenn es wackelte, hielten wir uns gegenseitig ganz, ganz fest. Wenn die Sonne glänzte, rannten wir hinaus. Und trieben Kälte und Regen uns ins Haus, erfanden wir neue Welten am Küchentisch und in unseren Köpfen.

Opa war oft dabei. Sogar Pippi sagte einfach Opa zu ihm.

Dass Pippis Mund dann mit elf schon groß und leuchtend wurde, dass mit zwölf kleine Brustknospen unter dem T-Shirt wackelten. Dass wir heimlich Küsse übten für alle Fälle, obwohl wir unserer Heirat nicht mehr so sicher waren, dass wir uns umarmten und dabei erzählten, wie sich das anfühlte. Dass wir uns trösteten, wenn wir traurig waren, war klar.

Bis Donald auftauchte. Da zerbrach was. Pippi hieß plötzlich wieder Hanna. Mit vierzehn heißt man nicht mehr Pippi.

Tränen flossen, die Welt der Fantasie wurde zu Grabe getragen, der Spaß am Leben war – einfach weg. Verschwunden.

Sie umrandete ihre Augen schwarz, band die blonden Haare zu einem Zopf und schaute plötzlich mit traurigen Augen in die Welt. Donald war ein alter Knacker. Ich hasste ihn. Sie himmelte ihn an, weiß der Teufel, warum.

Ich spürte nur Wut und Traurigkeit.

Das Leben war auf einmal voll ernst. Donald hatte einen Sportwagen, Coupé, rot und glänzend.

Er hatte Geld und ein großes Maul. Er bewunderte Hannas lange Beine.

Er nahm sie ganz und Hanna schrumpfte auf Sportwagengröße.

Dass sie dann nach sechs Monaten weinend ankam, ein Häufchen Elend, sich ausheulte bei mir, klein, ohne Farbe und ohne einen Funken Hoffnung, forderte mich. Ich flüsterte ihr die alten Pippi-Geschichten ins Ohr. Sie schüttelte nur den Kopf.

»Vorbei«, sagte sie traurig und nahm meine Hand.

Sie zog ihre Lippen knallrot nach. Sie blieb Hanna. Pippi war out.

Etwas hatte von ihr Besitz ergriffen, das ich nicht zu packen kriegte, und sie lachte nur traurig, kaufte sich noch mehr schwarze Wimperntusche und tanzte zu Heavy Metal. Da ging die Welt zum ersten Mal unter.

Sie fand die Welt jetzt beschissen, betrügerisch, wollte sogar sterben, schrieb neben Einsen auch Fünfen und ihre Sprache veränderte sich.

Scheiße, Kacke, Dreck! Und ihre Augen waren dabei stumpf und groß.

Unsere Welt schrumpfte zu einem verdreckten Loch.

Man nennt das auch Pubertät. Hahaha! War es das? Ich weiß, diese Phase durchleben alle, irgendwann.

Auf jeden Fall gab es keine Rettung mehr. Und wohin sollten wir auch?

Außerdem: Opa war tot. Mein Opa. Er war plötzlich gestorben. Vielleicht war das Leben für ihn ja auch so löchrig gewesen. Wir bekamen noch mehr Zweifel. Und mit Opa ging mein Halt, meine Stärke endgültig.

»Flori«, hatte er oft gesagt, »Flori.« So oft und immer wieder.

Ich glaube, da hab ich die ersten Biere gekippt, heimlich. Und mit viel Pfefferminz gegen die Fahne. Ich schaute das Kreuz an, das Opa mir geschenkt hatte. Und jetzt wusste ich: Es hatte eine Bedeutung. Und wenn es nur die wäre, dass sich so etwas wie Sehnen und Trauer und Schmerz mitten durch mein Leben zogen. Immer!

Was konnte man noch machen auf dieser alten verpesteten Erde, die unsere Alten so übel zertreten hatten? Ich hörte immer noch Opa sagen: »Warum nehmen sie euch auch noch den Sinn? Der Mensch braucht doch Wurzeln und ein Ziel.«

Sinn nannte Opa das, was uns fehlte: »Sonst ist das Leben doch wertlos.«

Ich wusste weder ein noch aus, kannte nicht mehr oben und unten. Opa hatte das alles mitgenommen. Da war nur noch dieses flache Stück Erde geblieben, auf dem ich durchs Leben rannte. Oben und unten war nix mehr. Alles weg. Und an Fantasiewelten fand ich (noch) keinen Gefallen. Nur Alkohol machte manchmal alles leichter.

Easy.

Und selbst Hanna lief nicht mehr Hand in Hand mit mir. Sie hatte meine Hand längst losgelassen.

Da sind die Abende in der Kneipe doch beruhigend. Marco, Nico, Pascal und Wolke sind immer dort. Meist auch noch ein paar andere. Wir trinken, Bier meistens. Einsamkeitsbier. Eins. Und dann noch eins, weil's so gut schmeckt. Meist noch ein drittes. Danach wird die Kohle knapp. Manchmal hab ich noch eine Dose im Rucksack, für den Heimweg. Wenn nicht, geht's auch. Ich bin ja kein Alk. Ich nicht. Will bloß nicht allein sein.

Es gab natürlich auch Lichtblicke. Als Hanna mich küsste. Oder als Mattis kam.

Mattis war neu und saß neben mir. Er hatte braune Locken, ein breites Lachen und den immerwährenden Satz: »Schon gecheckt, Alter!«

Hanna und ich erklärten ihm unsere Schulwelt. Das war ein Stück Abwechslung. Und ich dachte, der Mattis wäre mein Freund. Doch Mattis freundete sich schnell mit anderen an, auch wenn er mit uns auf Partys abhing.

Gleichzeitig begannen meine Eltern zu streiten. Schon auf dem Nachhauseweg von der Schule oder von Hanna hatte ich Herzklopfen: Wie ist es wohl heute? Schreistimmen, schon vor der Haustür zu hören. Drohungen? Weinen? Anschuldigungen?

Und während meine Eltern sich stritten und meine Mutter fast nur noch im Büro war – wir, Papa und ich, waren wohl abgeschrieben –, überwucherte die Einsamkeit langsam Hannas und mein Herz. Sogar zwischen Hanna und mir wuchs ein unentwirrbares Gestrüpp, riesenhoch, wie die Dornenhecke in »Dornröschen«, die wohl nur noch ein Prinz durchbrechen konnte. Aber ich war kein Prinz.

Und außerdem musste man dafür erst hundert Jahre warten. So viel Zeit hatten wir nicht.

Oder wir wollten sie uns nicht nehmen.

Wir wollten Spaß! Und zwar jetzt und sofort!

Und so haben sich dann wohl unsere Wege getrennt.

Früher waren wir auch öfter zusammen. Außerdem hatten wir den gleichen Heimweg. Jetzt treffen wir uns nur mehr als Clique. Leon, Mattis, Hanna, Biene und ich. Freitag standen wir noch nach der Schule zusammen.

»Was macht ihr so am Wochenende?«

»Ich fahr mit meinen Eltern zu Oma. In Omas Dorf gibt es doch einen Reiterhof …«, lacht Biene. War ja klar, die ist meistens am Wochenende bei ihrer Oma. Früher ist Hanna auch manchmal mitgefahren. Aber zum Glück steht Hanna nicht so auf Pferde.

»Kommt ihr mit, ein bisschen um die Häuser ziehen?«

Mattis zuckt die Schultern. Er hat keinen Bock, das sieht man ihm an. Aber er traut sich auch nicht, ganz klar abzulehnen. Und Leon zieht den Kopf ein: »Sorry, Alter, aber meine Oldies schleppen mich zu einer Familienparty. Megaevent. Null Bock, aber Fehlen ist nicht.«

»Kann man nichts machen«, sage ich betont lässig. Er soll bloß nicht denken, dass es mir was ausmacht.

Hanna boxt mich sanft an die Schulter. »Ich ruf dich an«, sagt sie noch, aber da ist sie schon mit Mattis auf dem Heimweg. War blöd, gefragt zu haben. Wäre aber schön gewesen. Oft sind mir die anderen auch zu spießig. »Ich muss um 18 Uhr zu Hause sein, da wollen meine Eltern essen.« Oder: »Am Wochenende werde ich um 23 Uhr von der Party abgeholt, sonst machen sich meine Eltern Sorgen.« Oder: »Ich kann heute nicht, ich passe auf meine kleine Schwester auf.«

Und alles wollen sie planen und ausdiskutieren. Oder sie wollen sich zum Lernen verabreden. Vielleicht bin ich auch nur neidisch. Denn eigentlich sehne ich mich danach und spiele trotzdem den Coolen, der das nicht braucht.

Die haben fast alle Geschwister. Wissen besser, wo sie hingehören. Da passen die Eltern auf wie die Höllenhunde.

Mein Vater dagegen ist schwach. Der zeigt nicht so die Grenze. Ich glaub, Eltern müssen Grenzen zeigen. Das bringt man selbst nicht.

Papa denkt, ich könnt alles schon selbst entscheiden. »Lass ihn«, scheint der Lieblingssatz von Papa zu sein. »Der Junge ist doch groß.«

Aber ehrlich, wenn ich down bin, gehen Grenzen flöten. Die sind weg. Da ist sogar Mama besser. Sie will Grenzen zeigen. Aber Papa hasst Grenzen. Früher haben sie darum gestritten. Jetzt sprechen sie nicht mehr oder sind einfach nicht da.

Und zum Partymachen, einfach Abhängen und Relaxen ist meine Clique nicht mehr geeignet. Die trinken ja nichts. Fast nichts. Mit den Jungs ist es einfacher. Mit Marco und Nico, Pascal und manchmal auch Wolke geht immer was. Ein Bier. Noch eins. Einen Wodka und dann noch einen. Und noch einen. Uns gehört die Welt. Wir wollen unseren Spaß. Aufhören zu denken. Mehr nicht. Wir haben unseren Rausch, wir sind in unserer Wolke, wir sind hier. Jetzt. Wir sind unantastbar. Wir fliegen, wir schweben, wir tanzen. Und die Welt lassen wir nicht zu uns herein. Hierher nicht. Aber frag nicht nach einem Sinn. Da ist nämlich keiner. Oder vielleicht ist es so, weil man genau den Sinn verloren hat.

Eine Woche später. Papa kommt vom üblichen Wocheneinkauf zurück. Obschon kaum mal jemand zu Hause ist, werden Tüten voller Lebensmittel eingekauft. Die Hälfte davon fliegt verschimmelt in den Müll. Reine Verschwendung. Kann mich nicht erinnern, wann Mama das letzte Mal für uns gekocht hat. Weihnachten? Nee, da waren wir essen. Mist, ich hab's vergessen. Papa füllt den Kühlschrank. Da hör ich Mamas spitze Stimme: »Warum machst du das? Du siehst doch, was Florian trinkt. Du kannst ihm doch nicht noch das Bier griffbereit in den Kühlschrank stellen. Weißt du eigentlich, wie alt dein Sohn ist?«

Papa schweigt, wie immer. Auf Mamas Attacken reagiert er immer mit Schweigen. Einmal habe ich sogar gesehen, wie ihm eine Träne die Wange heruntergeflossen ist. Auch jetzt sehe ihn vor mir, wie er sich windet. Soll ich hinuntergehen? Nee, ihre Sache. Das müssen die unter sich regeln. Mich fragt ja eh keiner. Außerdem braucht er doch selbst sein Bier. Warum soll er es nicht in den Kühlschrank legen?

»Der Junge muss selbst entscheiden«, höre ich ihn in meinem Kopf sagen. Aber Papa schweigt noch immer.

»Wenn das da trinkfertig liegt, ist doch die Verlockung viel zu groß. Stell meinetwegen einen Kühlschrank in dein Arbeitszimmer, wenn es unbedingt sein muss«, keift Mama. Heult die auch schon wieder?

»Lass mich«, höre ich Papa sagen.

»Ich kann dich nicht lassen.« Mamas Stimme ist jetzt dunkel, rund und voller Tränen. Und dann: »Er ist auch *mein* Sohn.« Danach Schweigen. Ich kann Mama sogar verstehen.

Kurz darauf klappert die Haustür. Alles klar, Mama ist ins Büro gegangen. Akten meckern wenigstens nicht.

Papa wirft den Fernseher an. Ob er im Wohnzimmer sitzt und sein Bier trinkt? Kurz darauf höre ich ihn im Bad hantieren. Dann im Schlafzimmer. Ich höre, wie er die Treppe wieder heruntergeht. Schwere Schritte. Die Haustür klappt. Ist Papa etwa auch gegangen?

Ich schleiche die Treppe hinunter. Da steht auf unserer Tafel: »Habe einen wichtigen Termin, Flori. Seminar.«

Ich nehme Kreide. Ich schreibe drunter: »Ich möchte auch gerne mal ein wichtiger Termin sein.«

Ich schaue die Tafel an. Am liebsten würde ich heulen. Tu ich aber nicht. Mit dem Handrücken wische ich die Tafel leer.

Gleichzeitig packt mich blanke Wut, nein, Verzweiflung. Ich bin allein. Immer allein. Papa, Mama, wo seid ihr? Und trotzdem kotzen sie mich an, wenn sie da sind.

»Auf ins Ten Forward, heut kommt eh keiner mehr«, murmle ich vor mich hin und strubble meine Haare mit Gel durch. Dann werfe ich die Jacke über und schnappe mein Fahrrad. Die Tür lasse ich ins Schloss knallen. Früher hätte Opa über so etwas geschimpft, aber jetzt bemerkt es niemand mehr. In der Kneipe treffe ich Marco, Nico, Wolke und noch ein paar andere. Ein Bier. Ich bin nicht allein. Hier nicht. Noch ein Bier.

Die Jungs haben immer noch irgendetwas vor. Sagen sie zumindest. Das ödet mich an. Marco träumt davon, ein Ding zu drehen, wie er sagt. Ich weiß nicht, was er meint, ich will's nicht wissen.

»Von nix kommt nix.« Marco lässt den Coolen raushängen.

Wolke grinst nur.

Wolke ist ein langer, schlaksiger Typ, die Haare hinten zum Zopf zusammengebunden. Mindestens 43 cm, prahlt er. Sieht aus wie ein Mädchen, nur das Gesicht ist kantiger. Wolke steht auf, breitbeinig stakst er zum Klo. Er schaukelt beim Laufen.

Nico schaut Wolke hinterher. Ob der den bewundert? Mir ist der nicht geheuer, der nimmt bestimmt auch harte Sachen, der raucht nicht nur. Trotzdem, groß ist der und lässig. Der streitet bestimmt nicht mehr mit Mama. Der lässt sich nichts mehr sagen.

Als Wolke zurückkommt, fragt er betont lässig: »Na, Plan geschmiedet?«

Marco schluckt. Niemand sagt etwas. Von wegen Ding drehen. Die schwingen doch nur Reden. Pascal raucht. Nico wippt unruhig mit den Füßen. Marco zerkrümelt eine Kippe. Ich trinke mein Bier. Komische Stimmung.

»Wenn ihr Hilfe braucht, Jungs, lasst es den guten Wolke wissen.«

Marco nuschelt: »Haste was zu rauchen?«

»Ohne Moos nix los.«

Nico grinst. »Schau mal, da drüben ...« Ein Mädchen steht dort, kurzer Rock, schwarzer Kapuzenpulli. Die Haare hängen ihr auf die Schultern. Ich starre auf ihren Rücken. Könnte hübsch sein.

»Na, Kleiner, wär die nicht was für dich ...?« Wolke lässt den Satz in der Luft hängen, ich werd rot. Tomatenknallrot. Hoffentlich dreht die sich jetzt nicht um.

Ich nestel mir eine Zigarette aus der Schachtel. Dann merke ich, dass ich schon eine rausgelegt habe. Wolke grinst, aber er sagt nichts. Seine Zähne sind gelb.

»Ich hätte was für dich.« Süffisant geflüstert.

»Danke.«

»Danke ja oder danke nein?«

»Hab keine Kohle.« Papa wird immer knickriger mit dem Taschengeld. Angeblich vergisst er's, aber das glaub ich nicht. In seinen Augen geb ich's bloß für die falschen Sachen aus.

»Besser's halt auf. Ich wüsste was für dich.« Er schaut mich lange an. »Du kannst was, Junge. Mit deinen blauen Augen, die fliegen auf dich.«

»Halt die Klappe, Alter.«

Lieber trinke ich mein Bier zu Hause.

Schule am Morgen ist 'ne harte Sache. Ist mir früher nicht so schwergefallen, da war ich noch ein Frühaufsteher. Jetzt brauch ich immer öfter Aspirin. Und ohne Kaffee geht gar nichts. In meinem Magen ist ein flaues Gefühl. Wenn ich nicht Schiss hätte, dass Ätz-Lehrer Schubert anruft, würde ich gar nicht gehen. Aber der checkt die Anwesenheit. Erste und letzte Stunde skippe ich trotzdem ziemlich oft. Man muss es ja nicht übertreiben. Auch Hausaufgaben peile ich nicht mehr so oft. Sind was für Streber, hat Marco gesagt. Früher hat Opa immer aufgepasst, dass ich alle Aufgaben erledigt habe. Jetzt interessiert das keinen mehr. »Der Junge ist ja groß«, sagt Papa. Ich weiß, und selbst verantwortlich. Hahaha. Manchmal mache ich die Aufgaben trotzdem, vor allem in Deutsch und Englisch. Aber eher aus Langeweile. Besser ins Heft gucken, als völlig nutzlos den Baum vor meinem Fenster anstarren.

Chemie. Hausaufgaben? Hatten wir was auf? Muss ich vergessen haben. Schubert trägt mir einen Tadel ein. Ätz-Lehrer.

»Pass auf, Junge. So nicht.«

Danach ein Blitz-Test. Darauf fährt er ab: kleine Prüfung, ohne Ankündigung. Zum Glück ist Chemie mittwochs immer erst nach der großen Pause. Da hab ich schon den zweiten Kaffee intus und das Koffein wirkt. Die Fragen kapier ich, einigermaßen geht's. Den müsste ich bestehen. Schwieriger ist Französisch. Madame Toulemonde fragt Vokabeln ab. Müsst ich auch mal wieder lernen.

Und dann die Pausen. Hanna steht bei Mattis, wie üblich. Ich möchte hingehen, mit ihr reden. Reden mit Hanna wird immer schwieriger. Hanna umarmt Mattis. Ich dreh mich um. Mein Magen dreht sich. Hab ich da was verpasst?

Als wir in die Klasse gehen, flüstert Hanna mir zu: »Mattis hat doch heute Geburtstag.«

Hab ich glatt vergessen.

Allein sein, das kenne ich. Ist jetzt fast jeden Abend so. Heute auch. Meistens macht es mir nichts aus. Aber heute ist ein komischer Tag. Hab versucht, mit Hanna zu reden, wollt ihr von Marco erzählen. Aber Hanna hat nichts geblickt. »Der kriegt doch eh nichts auf die Reihe, warum hängst du überhaupt mit dem Loser ab«, hat sie nur gesagt. Ich hab keinen Bock auf Rechtfertigung. Ich wollt's ihr nur erzählen. Hanna ist fremd. Ich bin fremd. Die ganze Welt ist fremd. Und ihre Welt ist nicht mehr meine. Hanna, meine Sandkastenfreundin. Hanna, die ich früher mal so gut kannte, dass alle sie für meine Schwester gehalten haben. Tja, Zeiten ändern sich, und Frauen auch. Der werd ich doch jetzt nicht nachheulen. Da mach ich mir doch lieber ein Bier auf. Alles so easy. Ich schlucke und hole mein Handy. Da hab ich auf einer Party alle Nummern eingespeichert. Ich suche die Menüliste, gespeicherte Nummern, wähle.

Ich will die Typen eigentlich gar nicht. Nein. Ich mag sie nicht. Ich renn mit dem Kopf vor die Wand. Die Kneipe, die Typen, alles Scheiße. Wieso schenken die überhaupt Alkohol an uns aus? An der Wand hängt zwar was von »Alkoholausschank erst ab 18«, aber da kümmert sich keiner drum. Also hängen wir da ab und die Preise sind okay. Und Marco und Nico sind okay. Doch. Besser die Jungs als die miese Stimmung zu Hause. Oder die Leere. Und Wochenenden sind megascheiße. Zweitageeinsamkeitamstück. Wer soll das aushalten? Die Zeit fließt träge und zäh durch den Tag. Ich hab keinen andern. Ich will die Typen nicht. Aber heute will ich sie! Warum handeln Menschen gegen ihren eigenen Willen? Das sagte Opa immer. Opa! Opa! Endlich geht ein Rufzeichen. Dann klackt es. Marco ist dran. »Man müsste ein Ding drehen«, sagt Marco wieder. Der sagt das aus Spaß. Aber meint es doch auch ernst.

Die können leider nicht. »Hab was anderes vor.« Mehr nicht. Keine Auskunft, keine Erklärung. Wie meine Mutter, die sagt auch nichts mehr. Und vielleicht will ich es auch gar nicht wissen.

Morgen?

»Bleib locker, Alter. Wir sehn uns morgen.«

Scheiß Einsamkeit. Doch nicht so easy alles.

Ich tigere durchs Haus. Ich starre aus dem Fenster. Der Baum draußen hat erste Blätter bekommen. Die Vögel schreien ihre Liebeslieder durch die Luft und ich könnt sie verfluchen. Mama ist in der Kanzlei und Papa auf Seminarreise. Mama müsste irgendwann, nachher, nach Hause kommen. Wahrscheinlich ist sie dann ganz fertig und »würde sich wahnsinnig freuen, wenn ich was gekocht hätte«. Das hatten wir schon. Nein, ich bin kein Küchenweib, und nein, ich kann nicht kochen. Bock hab ich auch keinen. Mit dem Löffel in der Hand auf Mama zu warten, hahaha, guter Witz. Soll sie sich doch ein Käsebrot machen. Auch wenn sie dann furchtbar enttäuscht gucken wird.

Mama kann so gucken. Das geht einem durch Mark und Bein. Ein Blick wie ein verletztes Reh. Aber Mama, echt, ich kann da nichts für.

In meinem Zimmer fahr ich den PC hoch. Ich mach mir ein Bier auf und hänge vorm Computer. Kopfhörer auf und Welt, ade.

Irgendwann muss Mama nach Hause gekommen sein. Ich hab sie nicht gehört. Ich hab gespielt. Gespielt und gespielt, bis ich nicht mehr denken musste.

Das mach ich jetzt öfter. Aber mein Level ist immer noch scheiße.

»Hi, Nico, alles klar?«, frage ich, kaum dass der abgenommen hat, und ohne auf eine Antwort zu warten: »Haste Bock auf'n Feierabendbier?« Bloß nicht noch ein Abend alleine.

»Logisch«, meint Nico.

War ja klar. Für Bier ist der Proll immer zu haben.

»Wo denn?«

Die Kneipe ist dichtgemacht worden. Einfach so, von heute auf morgen. Haben's wohl doch alles etwas zu locker genommen. Für uns blöd. Wir sitzen jetzt draußen. Meistens treffen wir uns im Park, an der Bank bei den Teichen. Irgendjemand hat immer ein paar Dosen im Rucksack. Manchmal auch 'ne Flasche. Und Kippen sowieso. Nachmittags sitzen dort Omis und füttern Enten. Abends haben wir die Gegend für uns. Manchmal bin ich schon eher da, dann verziehen sich die Omis. Aber bei Regen ist's blöd.

»Du kannst zu mir kommen. Meine Alten sind eh nicht da«, sag ich cool. »Und zu trinken ist auch was da.«

»Alles klar, IQ«, meint Nico. »Ich bin dann so in 'ner Stunde bei dir.«

»Sag gefälligst nicht immer IQ.« Seit zwei Jahren nennen meine Schulkumpels mich IQ. Und Marco und Nico haben das natürlich sofort mitbekommen. Mama hatte mal wieder eine Entschuldigung für mein ihrer Meinung nach komisches Verhalten gesucht und mich zu einem Intelligenztest geschleift. Seitdem erzählt sie jedem, dass mein IQ über 130 liegt.

Heute habe ich echt keinen Bock, alleine zu sein. Mama ist bestimmt schon wieder in der Kanzlei, weil sie ja so wichtig ist, und der Alte hält irgendwelche Managerseminare. Diesmal in Hamburg. Wichtig, wichtig, mein Alter. Der sollte sich lieber mal Sorgen machen um seine Familie. Der mit seinem scheiß Helferkomplex und Ich-verstehe-euch-alle-Zwang. Von wegen verstehen. Haha, guter Witz. Aber wenigstens hört der mir manchmal zu, wenn er da ist. Zumindest versucht er nicht, die gesamte Erziehung nachzuholen, wie Mama in solchen Fällen. Sie muss wohl mal einen Erziehungsratgeber »Wie erziehe ich in drei Stunden« gelesen haben. Nonstop meckert sie dann. Tu dies nicht, tu dies, warum hast du das nicht gemacht und warum das. Blablabla. Papa hört einfach zu. Obwohl: Manchmal hat Mama schon recht. Aber Probleme beiseite! Heute will ich Party machen!

Jetzt geh ich erst mal ein paar Bier kalt stellen. Ich schlucke bitter. Da ist etwas anders heute. Ich brauch die, aber ich will sie nicht. Und lade sie trotzdem ein …

Ach, Quatsch. Wir wollen doch alle einfach nur abhängen. 'ne gute Zeit haben, bisschen Fun. Aber Marco hat das schon wieder gesagt mit dem Dingdrehen. Schiss hab ich davor. Ehrlich gesagt. Schiss total. Ich bin nämlich nicht kriminell und eigentlich mag ich die wirklich nicht. Warum mach ich das dann?

Doch heute geht das schon in Ordnung mit denen ...

Um in den Keller zu kommen, muss ich durch unser großes, einsames Haus laufen. Oben ist mein Zimmer. Unten Küche, Wohnzimmer, Keller noch 'ne Treppe tiefer. Da ist auch ein Hobbyraum, aber den nutzt keiner. Wie viele Jahre hab ich mir Geschwister gewünscht. Doch immer hieß es: Jetzt nicht. Müssen die Kredite zurückzahlen. Nee, lass mal. Die Arbeit. Mensch, wir haben doch gar keine Zeit für ein Baby! Wir haben doch dich! Kenn ich alle, die Sprüche. Der beste war: Gerade jetzt, wo wir das neue Haus gebaut haben. Hast du denn nicht ein schönes Zimmer? Was denken die sich denn, kann man mit einem Zimmer sprechen? Ich stell mich vor die Wand und versuch's mal. Niemand antwortet.

Wenn ich Geschwister hätte, dann wäre hier was los. Das kannste dir nicht vorstellen! Nicht die große, glänzende Öde! Dann lägen hier Legos, Puppen und Matchbox-Autos und zwei Kleine purzelten herum und gluckstEN. Ich würde sogar aufpassen. Freiwillig. Die würden mich brauchen: mich, den großen Bruder! So komme ich mir so nutzlos vor. Oder brauchen die Kakteen mich etwa?

Meine Kehle ist trocken. Der Kopf spröde. Alle Gedanken schwirren durcheinander. Da bröckelt was.

Besonders seit unserem Umzug. Da war ich dreizehn. Mit dreizehn, meinen Erwachsene, wären auch Kinder erwachsen. Aber das stimmt nicht. Nicht für mich. Ich hätte jemanden gebraucht. Obwohl Papa da, glaube ich, schon sein Büro zu Hause hatte.

Und Hanna war auch nicht mehr in der Nachbarschaft, seitdem wir gebaut hatten. Und die Kinderfrau brauchte bei so einem großen Jungen auch nicht mehr jeden Tag zu kommen. »Jetzt brauchst du Frau Dubeck wirklich nicht mehr«, hat Mama nur gesagt. Und Geld gespart. Außerdem arbeitete Mama so viel, dass sie natürlich keine Zeit hatte, mich quer durch die Stadt zu Hanna zu bringen. Und dass ich mittags direkt mit zu ihr ging, wollte Mama auf keinen Fall. »Wer weiß, was ihr dann anstellt«, hat Mama nur gesagt. Und dann: »Vielleicht will Hanna ja auch mal ihre Ruhe haben.« Vielen Dank, Mama. Einen wie mich, klar, kann man ja auch niemandem zumuten. Ich hatte es allerdings noch mit Opas Hilfe geschafft, auf der alten Schule zu bleiben, auch wenn meine Fahrzeit jetzt doppelt so lang war.

Mama baut ihre Kanzlei auf. Sie plagt sich wirklich: »Ist nicht einfach ...« Vielleicht hält sie das dadurch auch hier so gut aus. Sie glättet das alles in ihrem eigenen Kopf mit ihren erlernten Tricks. Aber sie hält das ja gar nicht aus. In dem Augenblick denke ich fast zärtlich an Mama. Vielleicht ist sie so oft im Büro, weil ... sie genauso leer ist und enttäuscht wie ich.

Und Papa coacht Manager. Hat mal mit Trainings angefangen. Er war anfangs oft am Wochenende weg. Auch das noch! Da hab ich ihn immer am meisten vermisst. Papa könnte uns verflixt noch mal coachen, mich, Mama, uns.

Aber Beruf ist Beruf und Familie ist Familie, und vielleicht kann er's ja gar nicht.

Ich steh vor der Küche und schau auf die Fotos, die da gerahmt hängen. Chromrahmen, Farbfotos. Im Tunesienurlaub mit den Kamelen, da haben wir noch zusammen gelacht. Und als wir den Segeltörn gemacht haben, hat Mama sich jeden Abend zärtlich an Papa geschmiegt. War fast schon peinlich, wie die beiden miteinander geturtelt haben. Ist aber schon lange her. Und dann fing irgendwann das eisige Schweigen an. Papa fuhr immer öfter alleine weg. Und Mama baute ihre Kanzlei auf. Mit mir hat Mama auch nur das Notwendigste besprochen. Mehr nicht. Vielleicht war sie zu kaputt. Und mich macht's kaputt. Da bröckelt was. Ich stopf die Löcher. Aber Hilfe, ich kann doch nicht immer die Löcher stopfen, die meine Alten reißen. Bier in den Kühlschrank stellen. Dann Outfit-Check. Meine Jeans sind dreckig, interessiert eh keinen. Den Gürtel kann ich auch schon wieder ein Loch enger stecken. Bin hager wie 'ne Bohnenstange. Frisches T-Shirt hab ich angezogen. Ich stehe im Bad. Die blonden, strubbeligen Haare um den Kopf. Ich mag mich. Ich mag mich nicht. Nein, in so einer Umgebung kann man sich nicht mehr mögen. Gestylt und einsam. Ich lache rau. Denn das darf man noch nicht einmal sagen. Alle würden antworten: Der spinnt. Der hat es doch gut. Cooles Haus. Coole Eltern. Kohle, Klamotten, viel Zeit. Was ist »gut haben«, bitte? Kann mir das mal einer erklären? Ich habe Angst.

Ja, früher, da kam mittags immer noch Frau Dubeck, das ist unsere Hilfe, und hat mir etwas zu essen hingestellt. Und jetzt? Der Kaktus und ich. Florian allein zu Haus. Ich gieße die Blumen und zähle die Einlegeböden im Kühlschrank.

»Der Junge braucht doch einen zum Sprechen«, das sagte mein Opa. Der merkte das und sagte das. Aber Mama zeigte ihm hinter seinem Rücken einen Vogel. Natürlich hatte ich da noch meinen Klavierunterricht, mein Hockey und den anderen Sport. Aber das war etwas anderes. Obschon es Spaß gemacht hat. Ich wollte einfach jemanden zum Reden, zum Zuhören.

Und nach und nach habe ich dann den Klavierunterricht und den Sport einschlafen lassen. Bist nicht willkommen, wenn du nicht regelmäßig kommst. Nein, Hockey spiel ich noch – wenn ich hingehe.

Scheiße, wann kommt denn Nico endlich. Alleine trinken ist blöd. Wollt der nicht schon längst da sein, so lang kann doch 'ne Stunde noch nicht mal bei der Trödelbacke sein. Der nervt, der Proll. Aber ich halt's nicht mehr aus. Das Haus ist brüllend still. Und echt mal, ich fang ja schon an, mit mir selbst zu labern.

Irgendwo rumpelt es. Muss ich erschrecken? Selbst für Einbrecher wäre das Haus zu trostlos, haha. Aber irgendjemand ist da. Ist Mama vielleicht in ihrem Zimmer? Eigentlich sollte sie in ihrer Kanzlei sein, aber irgendwas rumpelt da. Klarer Fall. Da ist jemand.

»Moderne Beziehung«, hat Mama gesagt, als sie sich ein eigenes Zimmer einrichtete. Ob die da jetzt drin ist? Vielleicht ist ihr ja was passiert?

Ich mach die Tür auf. Mama steht vor mir, mit verheulten Augen und zwei Koffern.

»Wir müssen reden, jetzt«, sagt sie leise. Fast flehentlich.

Wut steigt in mir hoch. Wenn sie nämlich meint, wir

müssten reden, dann müssen wir reden. Dann muss man parat stehen. Das erwartet sie.

Aber als ich meinen ersten Liebeskummer hatte und mir gleich danach noch in derselben Woche mein neues Fahrrad geklaut wurde und ich heulend vor ihr stand, weil alles so schrecklich war, da hatte sie keine Zeit. »Kauf dir was Schönes.« Tolle Hilfe, Mama. Und dann hat sie mir, wie immer in solchen Situationen, einfach einen Schein in die Hand gedrückt und *wusch!*, war sie wieder in ihrer Kanzlei. Aber jetzt, jetzt heult sie und ich muss parat stehen. So nicht, Mama. Am liebsten würde ich die Tür wieder zuknallen. Aber Mama steht da mit zwei Koffern. Also versuche ich, meine Wut herunterzuschlucken und ihr zuzuhören.

Ich nicke Mama zu. Sie lässt sich aufs Bett plumpsen. Dabei fühle ich mich zu, blockiert. Mitleid, Angst, Wut!

Sie holt tief Luft. »Ich werde ausziehen«, sagt sie schließlich. »Vorübergehend.«

»Aha.« Mehr kann ich in diesem Augenblick nicht sagen. Ich bin einfach erstarrt.

Ich glaube, sie hatte eine andere Reaktion erwartet. Dass ich ausraste, dass ich traurig bin. Doch hat von denen je jemand nach mir gefragt? Und trotzdem bin ich wie gelähmt. Traurig sogar. Nur kann ich Mama nichts sagen. Ich stehe vor ihr und starre sie an.

»Ich brauche Abstand«, erklärt sie. »Ich halte das hier nicht mehr aus.«

Hier nicht mehr aushalten? Die ist doch sowieso nie hier. Mein Hals ist trocken.

Dann ein anderer Gedanke: Bin ich so schlimm?

Das tut weh.

Meine Hände schwitzen. Kann sie etwa mich nicht mehr aushalten? Ich starre sie an und sehe durch sie hindurch. Mama in ihrem kurzen roten Kostüm auf dem Bett. Die Haare hochgesteckt. Mama ungeschminkt. Mama mit Tränen. Dahinter die Wand. An der Wand hängt ein Bild, Frauen, die unter einem Baum sitzen, Gläser in der Hand. Sie reden und lachen.

»Sag doch was.«

Ich starre vor mich hin, bin steif wie ein Stock. Ich kann nicht. Dabei könnte ich heulen. Ich fühle mich elend klein. Mama, möchte ich rufen, Mama! Ich möchte mich in ihren Schoß werfen und heulen wie damals, als heulen noch leicht war.

Mama will mich in den Arm nehmen. Ich kann nicht. Ich will – vielleicht – bestimmt – ja – nein. Ich kann nicht! Sie ist so weit weg und doch ist da so ein Kribbeln. Wie Sehnsucht. Ach, Quatsch.

»Ich halte das nicht mehr aus.« Ich lache trocken. Ich auch nicht, schweige ich in mich hinein. Ich halte das hier schon lange nicht mehr aus.

Mama sieht mich an. Lange. Ich sage nichts. Ich halte den Türrahmen umklammert und steh stocksteif. »Reisende soll man nicht aufhalten«, murmle ich. Da steht Mama auf und geht.

»Bis bald«, sagt sie leise.

Als die Tür zuschlägt, falle ich in mich zusammen. Ich sitze auf dem Boden und will heulen. Es drängt, drückt, aber es geht nicht. Tränen kommen nicht. Es ist nur ein tiefes Loch. Ein tiefes, gähnendes Loch.

Jetzt ist das Haus noch stiller.

Trauerstill.

Ich sitze und starre vor mich hin, starre den Fleck auf dem Teppich an und starre. Ich bin versteinert. Ich erfriere nackt im eisigen Nordwind. Ausgesetzt in Alaska.

Plötzlich schrecke ich hoch. Mein Handy vibriert.

Eine SMS: »bringe pascal mit hoffe, bier ist kalt nico«

Gleich darauf noch eine SMS: »nico sagt, bei dir geht was. komme mit wolke. Cyou. marco«

Eigentlich hab ich auf Wolke, Pascal und Marco null Bock. Aber auf Nico auch nicht. Das ist voll der Proll. Und Wolke ist mir unheimlich. Der hat doch Dreck am Stecken. Aber heute ist es egal. Alles egal, Hauptsache, nicht alleine sein. Ich könnte schreien. Geht aber nicht.

Ich sehne mich. Aber die, nach denen ich mich sehne, sind nicht da.

Und doch.

Ich gebe mir einen Ruck. Mit Nico, Pascal und Marco kann man schon Party machen. Klar.

Vielleicht schaffe ich es ja noch, Kassiopeias Käfig sauber zu machen, bevor die anderen kommen. Kassiopeia ist meine Schildkröte, blöd zum Streicheln, aber ansonsten cool.

Als ich ihr gerade Salat und Banane gebe, klingelt es Sturm.

»Mach auf, Alter!«, ruft Marco. »Ich hab Brand.«

»Bleib mal locker«, schnauz ich zurück.

»Komm runter, Alter«, faucht Marco, rülpst und schmeißt sich aufs Sofa. »Ey, sorry, hab schon was intus.«

»So isser halt, unser Kleiner«, lacht Wolke und schlägt Marco auf die Schulter. Und da klingelt es auch schon wieder. Nico und Pascal kommen.

»Wie ist die Lage?« Nico geht einfach ins Haus. Dass er seine fetten Stiefel ausziehen soll, brauch ich wohl nicht zu sagen. Papa wird fluchen.

»Bier?«, frage ich.

»Pronto!«, grölt Marco.

»Und bitte kalt!«, schreit Nico.

Nico kommt aus einer Oberoberspießerfamilie. Nico war Messdiener und im Kirchenchor. Es wurde vor dem Essen und nach dem Essen gebetet. Außerdem war Alkohol total tabu. Alles war verboten. Und um acht Uhr musste das Licht aus sein. Die Eltern haben echt übertrieben. Irgendwann hat es ihm gereicht, da ist er abgehauen. Total krass, einfach nach Berlin. Abhängen. Nach ein paar Tagen mussten seine Eltern ihn aus dem Krankenhaus abholen, weil er von irgendwelchen Türstehern verprügelt worden war. Nico wollte die Zeche prellen, hatte null Kohle. Dann hat er erst mal Hausarrest gekriegt. Kurz danach habe ich ihn kennengelernt. Natürlich hat er sich das nicht bieten lassen. Ich hab ihn dann ein paar Tage in Opas alter Gartenlaube wohnen lassen.

»Coole Hütte«, meint Pascal, stellt sein Bier auf den Tisch und schaut sich in unserem Wohnzimmer um. Er legt die Füße auf den Tisch. »Aschenbecher?«

Blödi, denke ich und schlucke meinen Ärger mit Bier herunter.

»Hier wird nicht geraucht.«

»Ey, locker, Alter. Haste Schiss in der Hose?« Marco nimmt einen tiefen Zug. »Hab eh nix dabei. Keine Kohle.«

»Deine Mutter?«, fragt Nico und zeigt auf das Foto auf dem Kamin.

Ich nicke.

»Die hab ich vorhin in der Stadt gesehen«, erzählt Nico. »Voll das scharfe Teil. Cooler Jaguar. Und geknutscht hat die, meine Fresse.«

»Hast dich bestimmt verguckt«, sage ich und versuche, gelassen mein zweites Bier zu kippen. Meine Eltern haben keinen Jaguar. Mama hat einen Audi und Papa 'nen Benz. Ich will jetzt nicht nachdenken. Nicht über Jaguars, nicht über meine Mutter. Ich will nicht.

Ich stehe auf und hole neues Bier.

»Ey, echt, der Typ hat deine Mutter abgeknutscht«, erzählt Nico weiter. Fast genüsslich.

»Du blinde Nuss«, fauche ich, obwohl mir wirklich nicht nach Scherzen zumute ist. »Halt einfach die Klappe.« Irgendwas muss in meiner Stimme gewesen sein, jedenfalls stupst Marco Nico mit einem Flackern in den Augen an und der ist endlich still. In mir steigt eine Ahnung hoch. Hoffentlich war sie es nicht. Und wenn doch? Ich zittere. Wut. Und dieses Gefühl, allein zu sein. Total allein.

»Hat deine Mutter 'nen anderen?«, stichelt jetzt Pascal und tut so, als würde es ihn ernsthaft interessieren.

»Ach, halt doch die Fresse«, fahr ich ihn an. Muss der in der Wunde herumstochern? Ich könnte schreien. Aber ich trinke. »Prost!«

Die beiden nicken. »Prost.« Marco lehnt sich zurück. »Nichts geht über ein gutes kühles Bier.«

Die Sache kommt mir komisch vor. Mama zieht aus und lässt sich von anderen Männern befummeln. Na, vielleicht war sie es ja nicht.

Und wenn doch?

Dann ist sie für mich gestorben. Endgültig. Wirklich, endgültig. Aber so ganz glaube ich es noch nicht. Ist doch schließlich meine Mutter. Quatsch, ich bin doch kein Baby mehr! Ich trinke lieber noch einen Schluck. Prost. Neue Flasche. »Wenn du sie schüttelst, schäumt's.« Marco feixt.

»Bin nicht blöd.« Die können mich mal, echt. »Ich denke nach.«

»Aha.« Marco stupst Nico an. Die grinsen breit. Mit denen ist echt nix anzufangen. Ich trinke. Starre aus dem Fenster. Trinke.

Nach einer Weile rempelt mich Marco an. »Ey, die Kiste ist leer, haste noch was anderes?«

Und Nico kichert. »Wie sagen die Finnen: Halb betrunken ist rausgeworfenes Geld.«

Marco dröhnt. »Genau. Birne zuknallen.«

Als ich aufstehe, schwanke ich. Erst jetzt merke ich, dass ich nach fast drei Litern Bier ordentlich breit bin.

»Na, verträgt unser Kleiner nichts mehr?«, stichelt Marco.

Das lass ich mir von dem Proll nicht bieten.

»Habt ihr Lust auf Ahoi?«, frag ich.

»Na, immer doch!«, ruft Nico begeistert.

Als ich mit Wodka und Brausepulver aus dem Keller komme, hat Nico eine neue CD reingeschoben. Slipknot.

»Was ist das denn für Mucke?«

»Die neue. Hab ich mir heute geleistet!«

Nico und Pascal zappeln vor dem großen Wohnzimmerspiegel rum. Das sieht sogar lustig aus. Die wissen echt, was Party machen heißt. Ich dreh noch eine bisschen lauter und zappel mit.

»Ist das nicht voll Nazi?«, fragt Marco.

»Halt die Klappe, was weißt du denn davon!«, brüllt Nico.

»Immer schön ruhig, Jungs.« Wolke hat schon die Grandmothers Darlehen reingeschoben.

»Echter Punk«, grinst er. »Die geben hier nächste Woche ein Konzert.«

Nico wird rot. Der explodiert gleich.

»Was ist jetzt mit Ahoi?«, brüllt Wolke.

»Trinken musste schon selbst«, ruf ich ihm zu und drücke jedem ein Päckchen Brause in die Hand.

Fast gleichzeitig kippen wir uns das Pulver in den Mund und jeder nimmt einen großen Schluck Wodka aus der Flasche. Das schäumt! Marco kommt der Schaum sogar aus der Nase.

»Geil, noch einen!«, grölt er.

Nach einer Weile durchströmt mich ein wohlig warmes Gefühl. Doch daneben macht sich etwas anderes breit. Wie Gewitter nach Schwüle. Ich versuche es wegzuwischen. Jetzt zählt nur noch der Spaß. Ist Mama jetzt echt weg? Ich will nicht denken. Wodka hilft. Betäubt den Schmerz. Brause macht ihn süß. Es prickelt. Es klebt. Es schäumt. Alles egal. Ich will nicht mehr denken. Mehr trinken. Marco kippt sich den letzten Rest aus der Wodkaflasche rein. »Nachschub!«, grölt er. »Sollen wir nicht mal endlich das Ding planen? Kohle ist finito. Ebbe. Nada.«

»Aber doch nicht so!«

»Feigling.«

Nico trabt aufs Klo. Marco in seinem orangen T-Shirt ist breit. Eindeutig.

»Wodka ist alle«, sage ich. »Es gibt noch Rum, aber den finde ich eklig.«

»Egal«, meint Nico. Er kommt gerade wieder ins Zimmer. Hält sich an der Tür fest. »Ich habe Durst.«

»Hast du immer.«

»Im Kühlschrank hab ich 'ne Cola gesehen«, meint Marco. »Cola-Rum ist ganz okay.« Wir holen die großen Gläser aus dem Schrank. Marco mixt die Drinks.

»Wunderbar.« Er grinst.

Muss zugeben, schmeckt gar nicht so übel. Kann man sich dran gewöhnen.

»Und das Ding? 'n richtig großes Ding, mein ich. Tanke oder so nachts überfallen?«

Marco kratzt sich am Kopf und guckt, als würde er scharf nachdenken. Ich muss aufs Klo. Mein Magen rebelliert. Ich muss erbrechen.

Auf einmal würge ich alles heraus. Mama, wie sie mit ihren Koffern vor mir steht, den Wodka mit Ahoi, Nico mit seinen blöden Sprüchen, Bier, Wolke mit seinem überheblichen Grinsen, Rum-Cola. Mein Magen hebt sich, wieder und wieder. Ein nicht enden wollender Schwall. Es fühlt sich nicht befreit an, nur leer.

An der Tür klopft es.

»Alles klar bei dir?« Muss Wolke sein. Ich nicke. Ich drücke die Klospülung und stemme mich hoch. Meine Knie zittern. Vor der Tür nimmt mich Wolke in Empfang. »War wohl ein bisschen viel, was?« Beinah mitfühlend klingt das.

Irgendwie muss mich Wolke in mein Zimmer gebracht haben. Ich versinke in einen tiefen Schlaf. Steinschwerer Schlaf.

Als ich aufwache, steht unser roter Plastikputzeimer neben meinem Bett und eine Flasche Wasser.

»Danke«, murmle ich in die Leere.

Irgendwie geht es immer so weiter.

Ich will nicht. Nicht das Bier, nicht die Jungs. Aber gegen die Stille in dem großen Haus komm ich nicht an. Seit Mama ausgezogen ist. Seit Papa sich in der Arbeit verkriecht.

Besser mit den Jungs was trinken.

Das ist okay. Meist trinken wir nur ein paar Bier, einfach so. Das an dem Abend war ein Ausrutscher. War ja auch Sonderalarm. Ich meine, wie oft zieht denn schon die eigene Mutter aus. Papa hat auch nichts gesagt. Hat nur mitleidig geguckt. Hat mich ausschlafen lassen und mir sogar 'n Aspirin hingelegt. »Katzenjammer«, hat er gemurmelt, und ich weiß nicht, ob er mich, sich oder die ganze Scheißsituation damit gemeint hat. Zum Fragen hatte ich zu viel Kopfweh. Wäre sowieso alles viel zu kompliziert gewesen. Und eigentlich ist es ganz einfach. Mama ist weg. So einfach. Koffer gepackt und zur Tür raus. Ob Papa 'nen Typ mit 'nem Jaguar kennt, frag ich nicht. Warum auch. Würde eh nichts ändern.

Jetzt sind nur noch Papa und ich in dem Haus.

Männerwirtschaft.

Restfamilie.

Krüppelfamilie.

Der übrig gebliebene Rest, der Bodensatz der Familie sozusagen. Obwohl ich das Papa nicht sage.

Manchmal sagt Papa: »Komm nicht so spät.«

Was er wohl eher meint, ist, trink nicht so viel, aber das sagt er nicht. Also ist es mir auch egal.

Endlich ist Sommer.

»Wird mal wieder Zeit für 'ne Party«, grinst Marco. Der lümmelt auf meinem Bett herum und fühlt sich inzwischen richtig heimisch hier. Na, wenigstens einer.

»Du sagst es«, nickt Nico. »Mal wieder richtig abhotten. Und mal wieder ein richtig geiles Weib abschleppen.« Er saugt genüsslich die Luft ein. »Das wär was.«

»Hey, Jungs«, stöhne ich theatralisch auf und breite die Arme aus. »Rafft ihr's noch? Heut ist Donnerstag. In dem Pupsdorf hier ist donnerstags nie was los.«

Marco kichert.

»Hast ja recht. War ja nur so ein Vorschlag.«

Aber mal wieder raus, hüpfen, einen draufmachen, das wär schon was. Das Schuljahr ist fast vorbei. Zum Schluss haben die Lehrer noch mal Stress gemacht, aber so richtig gekümmert hat es keinen. Mama lässt sich kaum noch hier blicken, ob die überhaupt noch weiß, dass es mich gibt? Ich glaub nicht, aber wenigstens nervt sie nicht. Wir trinken Bier. Schön kalt. Den Kasten hab ich gekauft. Die zwei, drei Flaschen, die Papa in letzter Zeit nur noch in den Kühlschrank stellt, kannste voll vergessen. Wir sind ja schließlich zu dritt. Nach dem Bier gibt's wieder 'ne Runde Wodka mit Ahoi. Aloha he, da kannste absegeln. Feine Sache. Wir grinsen uns an.

»Telefon!«, ruft Nico und legt die Fettes Brot-CD rein.

»Katholischer Pferdefriedhof«, gröle ich in den Hörer. »Was kann ich für Sie tun?«

Nico und Marco grölen mit.

»Bist du's?«, fragt Hanna am anderen Ende.

»Sehr witzig«, lach ich. »Wer soll denn sonst hier sein?«

»Ich fahre morgen für eine Woche nach London und wollte mich vorher noch mit dir treffen«, sagt sie.

»Aha, nach London«, antworte ich. Verdammtes Herzklopfen. Hanna ruft wieder mal an! Doch ich hab schon zu viel getrunken. Das weiß ich genau. Plötzlich tut es mir leid. Hanna! Fast werde ich eifersüchtig. Würde auch gern wegfahren.

Hanna will mich treffen. Mit Hanna allein. Wäre das toll!

»Hatte ich dir doch erzählt«, meint Hanna weiter. Ich höre ihre Stimme nur noch wie von ferne. Wie oft hatte ich mir gewünscht, dass Hanna mal wieder anruft! Wir reden nicht mehr viel miteinander in letzter Zeit. Jetzt tut sie's endlich und ich bin zu. Ich kann mal wieder nichts sagen. Ich schlucke mein Bier. Scheiße!

Hanna küssen! Mit Hanna wieder Küssen üben! Pippi Langstrumpf. Ich schweige ins Telefon.

»Ey!«, brüllt Marco dazwischen. »Ist das die geile Alte mit den blonden Haaren?«

Ich halte das Telefon zu. Ich könnte ihm eine knallen, stattdessen steh ich hilflos dazwischen. Zu Hanna sage ich nichts. Marco lallt weiter und will das Telefon. Geb ich ihm aber nicht.

Nico nickt anerkennend. »Ja, ja, heiße Braut, die Hanna. Und prost!«

»Ihr trinkt doch nicht etwa?«, fragt Hanna. Sie ist hilflos. Ihre Stimme schwimmt. Ich höre das. Ich zerfall fast vor Peinlichkeit und sage das Blödeste, was es gibt: »Wir haben Spaß.« Ich versuche es möglichst cool, möglichst langsam und ganz deutlich zu sagen. Meine Zunge stolpert über meine Zähne.

»Dann wird das wohl nichts mit einem Treffen«, meint Hanna. »Du und ich. Hatte ich so gedacht.« Und auf einmal faucht sie: »Ich krieg langsam 'ne Stinkwut auf dich, Flori. Musst du wirklich mit den Mistkäfern saufen?« Sie knallt den Hörer auf. Ich weiß das, sie findet Nico und Marco beschissen. Ich weiß.

Und wie zur Bestätigung grölen die beiden: »Kann die blonde Braut nicht kommen?« Ich greife mir einfach die Flasche, proste ihnen zu und nehme einen tiefen Schluck.

Hanna kann mir gestohlen bleiben. Die braucht sich nicht einmischen. Mein Leben. Viel davon ist ja nicht mehr übrig.

Da läutet es noch mal: »Schick die Mistviecher nach Hause!«

»Hanna, ich hab heute keine Zeit für dich. Tschau.« Wie oft hatte Hanna in den letzten Monaten keine Zeit für mich? Ich lege auf und schütte mir das Brausepulver in den Mund. »Prost, Jungs!«

Mich durchströmt ein Gefühl von Ärger, Wut und Verzweiflung.

Hanna hat recht. Mistviecher. Hanna hat nicht recht. Muss ja nicht jeder so spießig sein wie ihr Mattis.

Ich bin zu. Ich will vergessen.

Mistviecher. Ich fühl mich cool. Ich fühl mich beschissen. Total beschissen und abgewrackt. Das Telefon läutet. Ich will nicht.

»Prost, Hanna!«, rufe ich dem Telefon zu. Mir wird wieder warm.

Noch ein Ahoi. Endlich! So als schwebte man. Alles leicht.

»Warum hast du die Braut nicht kommen lassen?«, fragt Nico.

»Die können wir jetzt nicht gebrauchen«, sage ich trocken. Ich schlucke.

Ich könnte sie schon gebrauchen. Eine Freundin wie Hanna.

»Wir wollen doch Spaß. Kann man dabei Weiber gebrauchen? Prost!«, höre ich mich sagen.

»Da haste allerdings recht«, meint Nico und grinst. »Na ja, manchmal vielleicht schon ...« Sein Grinsen wird noch breiter. Am liebsten würde ich reinhauen. Dafür müsste ich aber aufstehen. Zu anstrengend.

»Was ist denn hier los?« Plötzlich steht mein Vater mitten in meinem Zimmer. Hoffentlich macht der jetzt keine Szene.

»Wir feiern Schuljahresende, Paps«, rufe ich ihm betont locker zu. »Ferienbeginn.« Obwohl es ja noch einen Tag zu früh ist.

»Habt ihr mir wenigstens noch ein Bier übrig gelassen?«, fragt er und schaut sich auf dem Tisch um. Der sieht wild aus. Eine Bierflasche ist umgekippt, der Rest tropft auf den Boden. Trotzdem, Papa sieht nicht verärgert aus. Eher amüsiert.

Als er rausgeht, fahre ich den PC hoch.

»Sollen wir Need for Speed spielen?«

»Ist doch langweilig.«

»Mich törnt das an!«

»Na dann ...«

Da kommt mein Vater noch mal. Er sieht nicht mehr so freundlich aus. Gibt mir das Telefon: »Hanna.« Hat Hanna was verraten?

»Hallo, Hanna.«

»Sag mal, Flori, was ist denn mit dir?«

»Mensch, Hanna.« Das ist alles, was ich noch sagen kann.

»Flori«, sagt Hanna.

»Hanna«, sag ich, »halt dich da raus.«

»Denkst du, wir sind alle blöd?«, schreit sie ins Telefon.

»Hanna, ich bin zu«, sag ich. Soll lustig klingen.

»Du bist total bescheuert«, sagt Hanna. »Wer ist denn überhaupt bei dir?«

»Geht dich nichts an«, fauche ich ins Telefon.

»Mensch, Flori, pass auf dich auf.« Sie knallt den Hörer auf.

»Ist das wieder die geile Braut? Komm her!«, brüllt Marco ins Telefon.

Mein Vater steht noch in der Tür. Plötzlich hebt er die Wodkaflasche hoch. Leer.

»Na, tschüs dann, Hanna«, rufe ich noch ins Telefon.

»Lass das«, fauche ich meinen Vater an, »das hier ist mein Zimmer!«

Der geht, knallt die Tür mit den Worten: »Wir sprechen uns morgen.«

Der ist weg. Ich setze eine Flasche an den Hals. Nichts als Ärger.

Die beiden Jungs lachen. »Ich finde das witzig mit deinem Vater! Prost!«, lallt Marco und hickst ganz laut. »Prost.«

Als die Flasche leer ist und klar ist, dass ich keinen Nachschub mehr besorgen kann, machen sich die Jungs vom Acker.

»Trübe Tasse«, murmelt Nico zum Abschied. Irgendwie wird der in letzter Zeit auch immer aggressiver. Ich weiß nicht, manchmal nervt der einfach nur.

Ich bin am nächsten Tag wirklich um acht Uhr in der Schule. Letzter Schultag. Manchmal wundere ich mich selbst, wie ich das schaffe.

»Cool«, ruft Mattis mir zu. »Heute noch, ab dann ist Spaß angesagt.« Relaxen und Spaß.

»Wollen wir uns heute Abend zum Zocken treffen?«, frage ich.

»Tut mir leid, Flori«, meint Mattis. »Da sind meine Eltern und ich schon mit unserer Kanugruppe unterwegs. Was machst du eigentlich in den Ferien?«

»Spontan«, sage ich cool. Schon bei dem Gedanken schnürt sich mir die Kehle zu.

Es wird wieder nichts passieren. Nichts, da bin ich mir sicher. Spontan werde ich wohl ein Bier trinken. Oder zwei. Mit Marco und Nico. Mit wem auch sonst.

»Vielleicht fliegen wir irgendwohin, wo es warm ist«, sag ich schnell.

Das sagt mein Vater jedes Mal. Bis jetzt ist immer etwas dazwischengekommen. Typisch.

»Hört sich gut an«, meint Mattis. Der glaubt das. »Schreib mir doch 'ne Karte. Mach's gut, Flori«, ruft er und ist auch schon ins Auto seiner Mutter gestiegen.

Hanna steht neben dem Schultor. Sie guckt mich komisch

an. Dann kommt sie aber doch noch mal zurück zu mir, klopft mir auf die Schulter und murmelt nur: »Na dann.« Sie dreht sich um und wiederholt mit großen Augen: »Pass auf dich auf. Die sind nicht gut für dich!«

Ich murmle etwas, das ich selbst nicht verstehe.

Warum sag ich nichts? Warum erklär ich ihr nicht alles? Auch, wie ich mich gefreut habe? Ich bekomme einen Schweißausbruch. »Tschüs, Hanna«, das sag ich wenigstens noch. »Have fun in London.«

Warum rede ich nicht richtig? Ich kann nicht. Ich weiß nicht. Das ist gegen die Ehre! Quatsch. Ich bin zu feige.

Viele werden von der Schule abgeholt. So geht der Urlaub schneller los, haha. Alle sehen fröhlich aus. Man winkt sich zu, nimmt sich in den Arm, freut sich.

Auf mich wartet keiner.

»Dafür bist du schon zu groß«, sagt meine Mutter immer. Aber ich kann mich auch nicht erinnern, dass sie mich früher abgeholt hat. Mal war es die Nachbarin, die Mutter von Jonas oder eine meiner zahlreichen Tagesmütter oder Kindermädchen. Auch heute steht niemand da, der auf mich wartet. Ich würde auch mal gerne mit meinen Eltern angeben, so wie die anderen. Meine Mutter hat ein echt cooles Audi-Cabriolet. Dunkelblau und mit ganz viel Chrom und anderem Schickimickizeug.

Als ich noch in den Kindergarten ging, holte mein Opa mich ab. Er stand immer schon da, wenn ich aus der Tür stürmte. Egal welches Wetter war, er hatte immer seinen grauen Schlapphut auf und in der rechten Hand seine braune Plastikeinkaufstasche.

»Wie immer, mein Junge?«, fragte er dann und streichelte mir über den Kopf.

»Wie immer, Opa.« Das bedeutete, wir gingen in den Supermarkt und kauften eine Dose Ravioli. Und wenn es ganz warm war, dann gab es so viel Eis, wie man wollte. Opas Rekord lag bei zehn Kugeln, meiner bei sechs. Heute würde ich ihn sicher locker schlagen. Es war warm an diesen Tagen. Und ich lachte mit Opa. Opa konnte verrückte Geschichten erzählen. Da wurde die Welt groß.

Von einer Schildkröte, die die Zeit durchschritt und den Menschen ihr Lächeln zurückgab. Von einem Kaninchen, das die ganze Welt schrumpfen ließ, sodass sie in eine Geschichte passte.

Von Oma, die er so sehr geliebt hatte, dass ein Strahlen über sein Gesicht ging, wenn er über sie sprach. »Und Oma konnte die besten Ravioli kochen. Sie füllte sie mit selbst gezogenem Spinat. Was waren die lecker! Und an Sonntagen gab es dazu ein Glas Wein.«

Solche Tage, die nahm ich mit in die nächsten Wochen. Auch die Wärme. Das klingt sicher komisch.

Aber oft war Opa auch ganz still. Ob er dann traurig war? »Wenn du nicht da wärst, mein Junge«, sagte er leise und drückte mich kurz. »Dann wäre ich schon längst bei meiner Otti.«

Ottilie hieß meine Oma, sie starb schon vor meiner Geburt.

»Hast du Oma sehr lieb gehabt?«, fragte ich immer wieder.

»Oh ja«, antwortete Opa leise. »Sie war ein Geschenk.« Dann sagte er lange nichts mehr. Wir saßen einfach nur so.

Aber es war schön mit Opa. Es gab viele Tage, an denen er nicht sprach.

»Er war depressiv«, hörte ich Mama irgendwann später sagen.

»Aber Opa war doch immer da«, protestierte ich.

»Da und nicht da«, spöttelte Mama fast.

»Du lügst.«

Da wurde sie vorsichtiger.

Opa sagte mir manchmal, dass jeder große dunkle Säle in sich hätte und da müsste man manchmal hineingehen, auch wenn es schwer ist. Da klingen auch dunkle Melodien. Und er spielte auf seiner Mundharmonika immer wieder ein kleines, dunkles Lied. Danach war er oft gesprächiger, als öffnete die Melodie eine versteckte Tür.

»Der Schlüssel dazu liegt in den Tönen«, erklärte er mir einmal. »Jeder Mensch hat seine Melodie und manchmal verliert man sie.«

»War das eben deine Melodie, Opa?«

»Ich glaube, ja, mein Junge. Oft weiß man das erst spät, sehr spät. Es sind genau diese Töne, die oft in mir sind und mich tragen.« Und er summte und wiederholte: »Ich glaube, ja, mein Junge.«

Ich habe im Lexikon nachgeschaut, was »depressiv« bedeutet. Ich habe danach zu Mama gesagt: »Opa hatte nur seine Trauer. Der war nicht depressiv. Er hatte eine traurige Melodie.« Mama schaute mich befremdet an. Sie hat mich nicht verstanden.

Am letzten Tag im Kindergarten, bevor die Schule anfing, haben wir ein Stück von Pippi Langstrumpf aufgeführt.

Klar, dass Opa auch da war. Mama und Papa waren mal wieder zu beschäftigt.

Ich war Tommy, eine Hauptrolle. Und Hanna war natürlich Pippi. Mensch, Hanna-Pippi. War das schön!

Ich glaube, Opa hat am lautesten geklatscht, und ein paar Tränen habe ich bei ihm auch gesehen.

»Ich bin so stolz auf dich, mein Junge«, sagte er. »Du bist etwas ganz Besonderes.«

In der Schule fühlte ich mich anfangs nicht wohl, irgendwie war es langweilig und ich machte nur Blödsinn.

»So einen Killefit gab es bei uns nicht«, sagte Opa. »Bei uns waren alle Klassen zusammen in einem Raum, da kam nie Langeweile auf.«

»Komm«, meinte Opa eines Tages. »Ich habe eine Überraschung für dich.«

Wir fuhren mit der Straßenbahn zu Opas Schrebergarten. Wolken ballten sich am Himmel. Die Sonne drängte sich nur manchmal durch.

»Na, fällt dir was auf?«, fragte er, als wir im Garten angekommen waren.

Alles sah aus wie immer. Der Rasen war nicht gemäht, die Schaukel quietschte, und das Gartenhaus machte den Eindruck, als wenn es gleich zusammenbrechen würde, aber ich fand es immer wunderschön. Wie ein Zauberhaus. Eben Opas Haus.

»Sieh noch mal genau hin«, schmunzelte mein Opa.

»Cool!«, rief ich, als ich im hohen Gras das Freilaufgehege entdeckte. »Ein Kaninchen! Ist das das Kaninchen, das die Welt klein zaubert?« Ich war sofort ganz aufgeregt!

»Sieh genau hin, mein Junge.«

Ganz langsam schlich ich um das Gehege, das dort vor mir stand. Ich konnte kein Kaninchen entdecken. Aber was war das? Plötzlich raschelte es in der Ecke und ganz langsam schob sich aus einem Blätterhaufen der Kopf einer Schildkröte.

»Darf ich vorstellen«, sagte Opa stolz, »das ist Kassiopeia, sie soll dir immer den rechten Weg weisen, auch wenn ich irgendwann nicht mehr da bin.«

Wie gelähmt vor Freude stand ich vor Kassiopeia und konnte gar nichts sagen. Opa wusste genau, dass ich mir schon lange eine Schildkröte wünschte.

»Ist das die Schildkröte, die die Zeit durchschreitet und den Menschen ihr Lächeln wiedergibt?«, fragte ich.

Opa nickte.

Ich war so glücklich über Kassiopeia. Sie wohnte von Anfang an mit in meinem Zimmer. Wenn meine Eltern keine Zeit hatten, fühlte ich mich jetzt nicht mehr so alleine.

Ich lächelte, wenn ich sie sah.

Und als Opa plötzlich nicht mehr da war, half Kassiopeia ein bisschen. Und doch, von da an war alles anders.

Aber wie komme ich jetzt auf all das?

Weil Ferienanfang ist und ich mich dann, auch gestern schon, immer ziemlich einsam fühle. Und früher war Opa da.

Ich schließe die Haustür auf. Ich rufe Kassiopeia. Ich schaue lange auf ihren Panzer. Streiche vorsichtig mit dem Finger über ihre Muster. Ob sie das spürt? Vielleicht kribbelt das ja durch das Horn?

Da klingelt das Telefon. Mama.

»Hallo, Flori.« Ihre Stimme klingt ein bisschen unsicher.

»Hey.«

»Wie war's in der Schule?«

»Komische Frage. Es sind Ferien.«

»Flori, sei nicht so. Du weißt, was ich meine.«

»Aha. Und was wäre das?«

»Du bist unmöglich. Ich möchte trotzdem, dass du zu mir kommst. In die neue Wohnung.«

»Was soll das werden?« Langsam steigt es kochend heiß in mir auf. Mama ruft an, um mich in ihre neue Wohnung einzuladen. Der Sohn bekommt einen Termin. Teilnahme verpflichtend.

Mama seufzt.

»Ich muss ja auch dein Zeugnis unterschreiben.«

Papa will mich sogar hinbringen, aber ich nehm lieber mein Fahrrad.

Als ich ankomme, staune ich. Schicke Adresse. Ein richtig schönes Altbauhaus, mit Schnörkeln an der Fassade und geschwungenen Balkonen. In den Fenstern hängen überall Gardinen, in manchen stehen auch große Grünpflanzen. Hier wohnt jetzt also Mama.

Als ich vor der weiß gestrichenen Eingangstür stehe, stutze ich. Am Klingelbrett stehen zwei Namen. Ist das etwa der Jaguar-Typ?

Als ich klingel, macht Mama sofort auf. Sie muss mich erwartet haben. Mama hat ein kurzes Blümchenkleid an, so was hat sie früher nie getragen. Außerdem ist sie geschminkt. Sie sieht ein bisschen aufgeregt aus und weiß nicht, ob sie mich umarmen soll. Ich komm mir klobig und ungehobelt neben meiner aufgeregt tänzelnden Mutter vor. Wie ich so vor ihr stehe, fällt mir zum ersten Mal auf, dass ich größer bin als Mama.

»Komm rein, Flori«, zwitschert sie.

Meinen Rucksack knall ich in die Ecke hinter die Tür.

In der Wohnung riecht es nach Essen.

Mama führt mich ins Wohnzimmer. Es ist ein großes, helles Zimmer, vielleicht ein bisschen leer, ein bisschen zu groß. Ein Blumenstrauß steht auf dem Tisch. Bunte Ranunkeln, Mamas Lieblingsblumen. Die standen auch manchmal in unserer Küche.

Mama zeigt auf das Sofa. »Setz dich doch, Flori.«

Ich steh hilflos zwischen Mama und dem Sofa und fange an zu schwitzen. Ich hab noch kein Wort gesagt, seitdem ich da bin, und irgendwie trau ich meiner Stimme auch nicht. Mama sieht fremd aus in dieser Wohnung. An den Gedanken, dass das jetzt die neue Mama-Wohnung ist, muss ich mich erst noch gewöhnen.

Auf einmal klappert eine Tür. Ein Typ mit einer Möhre in der Hand kommt aus der Küche. Er hat eine Küchenschürze um und graumelierte Haare.

»Das ist Gero«, stellt Mama ihn vor und wird sogar ein bisschen rot dabei. Mein Puls rast.

»Ich freu mich, dich endlich kennenzulernen, Flori. Deine Mutter spricht sehr viel von dir.« Er lächelt. Superfreundlich. Glaubt der, dass er mich mit diesem Gelaber einwickeln kann? Nun streckt mir Möhre auch noch die Hand entgegen. Das reicht.

Mir schießt das Blut ins Gesicht. »Was will der Arsch hier!«, brülle ich los.

»Aber Flori …«, fängt meine Mutter hilflos an, »… Gero wohnt hier …«

Ich hab das Gefühl, explodieren zu müssen.

Gleich fliegen die Blumen an die Wand, zerreiße ich ihr Sofa und zerschlage ihre Fenster. Stattdessen renne ich die Treppen runter. Es poltert, es kracht. Mama ruft mir hinterher. Mir doch egal. Ich rase mit meinem Fahrrad durch die Stadt. Rase, bis ich keine Luft mehr bekomme, rase, bis ich japsend und keuchend nicht mehr kann. Ich lehne das Rad an einen Baum und hocke mich davor. Vergrabe das Gesicht in den Händen. Für ein Leben mit Möhre ist sie also ausgezogen. Für ein Leben mit Möhre. Bitter und heiß laufen mir die Tränen übers Gesicht, und ich sitze und sitze und warte, bis meine Welt aufhört unterzugehen.

Dann kaufe ich mir eine Flasche Wodka. Der Verkäufer sieht meine verquollenen Augen und guckt mitleidig. Mit dem Wodka setz ich mich wieder vor meinen Baum. Ich schraube die Flasche auf und trinke einen großen Schluck. Das Zeug brennt in meiner Kehle, ich spüre, wie die Schärfe in meinem Magen ankommt. Auf einmal wird mir warm. Wie eine kleine warme Wolke breitet sich der Wodka in meinem Bauch aus. Ich trinke noch einen Schluck. Die Wolke wird größer. Meine Arme und Beine werden leicht. Ich nehme einen Zug. Endlich lässt der Schmerz nach. Endlich.

Wenn ich Alkohol trinke, verliere ich mich selbst.

Ich brülle nicht und schlage nicht zu. Ich verliere mich einfach. Ich verwandle mich in meinen Schatten. Ich kann den Flori vergessen. Leere. Elend.

Das ist immer dann, wenn ich nicht aufhören kann zu trinken. Ich verschwinde, bin Schatten. Schatten, der durch die Nacht tanzt. Ich habe mich verloren. Und sehe mir zu, dem verlorenen Sohn. Ich rülpse. Und ich sitze dort, hebe die Flasche an den Mund, trinke und schweige. Den Kopf auf die Faust gestützt. Denken. Schweigen. Saufen.

Und manchmal sehe ich dann wie im Traum einen Weg vor mir. Den Weg, den ich gehen will. Ganz klar. Und dann weiß ich, warum Mama gegangen ist und Papa flieht. Alles. Und manchmal höre ich dann eine Melodie ... manchmal. Aber ich trinke weiter. Und dabei fällt alles in ein großes schwarzes Loch.

Der Himmel ist leer.
Der Sommer ist leer.
Die Tage sind leer.
Ich bin leer.

Noch einen Abend alleine halte ich nicht aus.

»Wo geht was?« Typisch Marco.

»Flatrate im Bamboo.«

»Ist das die mit den heißen Mädchen?«, fragt er.

»Was weiß ich.«

»Zwölf, stimmt's?«

»Komm, quatsch nicht rum. Bist doch sonst nicht so.«

»Oh Mann, hier ist echt Ebbe.«

»Na und? Komm, ich lad dich ein!«, verspreche ich großzügig.

Eigentlich hab ich noch nicht mal Lust. Schon wieder saufen. Aber ich habe nichts anderes. Dann wenigstens das.

Wenn die nur nicht wieder ihr Ding drehen wollen. Das kotzt mich inzwischen an. Die machen sich, glaube ich, noch nicht mal was draus, irgendwen zusammenzuschlagen. Und warum gehe ich dann mit?

Kurz darauf stehen Marco und ich in der Schlange vorm Bamboo. Nico und Pascal sind nicht dabei. Mächtig was los. Ich fahre mir durch die Haare. Durch die kühle Nachtluft bin ich wieder ein bisschen klarer geworden. Vor uns und hinter uns wird eine Flasche herumgereicht.

»Kommt, Leute, abheben, vorglühen.« Wenn sie weitergereicht wird, kichern alle. »Das macht einfach Jux. Jetzt sind Ferien, jetzt können wir!« Ich bekomme auch einen Schluck. Einen großen. Mir wird sofort warm im Bauch.

In dem Moment kommt ein Reporter mit einem Mikro und fragt: »Hey, ihr da, ich will euch was fragen.« So was Blödes, wieso denn jetzt auch noch ein Interview? Aber der mit der Flasche drängelt sich gleich nach vorn.

»Warum steht ihr denn hier Schlange?«, fragt der Reporter.

»Ey, biste blöd, Alter? Ist doch klaro!«

Ich schüttele den Kopf. Der Reporter hält mir das Mikro vors Gesicht.

»Einfach Ärger vergessen. Alles abschütteln«, hör ich mich sagen.

»*Zu* sein«, lacht Marco und kommt sich witzig vor. »Das gehört zum Wochenende!« Dabei klopft er mir auf die Schulter. »Sommer, Sonne, gute Laune. Sagt doch jeder Werbespot. Party eben.«

»Warum?«, fragt der Reporter.

»Einfach so.«

»Und wenn einer ins Krankenhaus muss wegen Alkoholvergiftung? Macht euch das nichts aus?«

»Dann hat der Pech gehabt«, lacht Marco. »Man muss halt wissen, was man abkann.«

»We just wanna have some fun«, singt hinten eine und bewegt sich wie beim Tanzen.

»Und morgen? Kater?«

»Das kennen meine Alten schon. Gehört auch zum Wochenende.«

Wir sind jetzt vorne.

Die Party fängt an.

Ich stehe mit Marco an der Bar. »Mensch, Alter!« Ich knuff ihm in die Seite. Auf einmal hüpf ich hoch. Wenn ich getrunken habe, kann ich das. »Mensch, Marco. Wir schaffen das! Groß, größer, am größten! Wenn ich erst mal ordentlich Kohle verdient habe, sozusagen was darstelle und wer bin …«

»Dann machen wir einen drauf«, unterbricht Marco.

»Jawohl. Das wird krass!«

»Voll klasse!«

Und am nächsten Morgen der totale Katzenjammer. Was hat mein Mathelehrer zu mir gesagt: »Wenn du so weitermachst, schaffst du niemals das Abi.«

Und ich will studieren! Was darstellen? Mist! Meine Eltern stehen auf einmal riesengroß vor mir. Riesig. Und ich ein Zwerg. Und alle reden vom Wachstum. Groß, größer, am größten. Da muss man ja platzen – vor innerer Anspannung. Das schaff ich doch nie. Da kannste nur zusammensacken. Klein, kleiner, am kleinsten. Und das ist die Realität. Kein Witz.

Grau steht der Morgen vor dem Fenster. Ich muss aufs Klo. Außerdem habe ich Durst. Mann, ist mir schlecht. Mein Bauch ist hart und schmerzt, mir ist übel. Im Bad trinke ich ein paar Schluck Wasser. Böser Fehler. Ich hänge über der Kloschüssel und kotze. Kaum richte ich mich auf, geht es wieder los. Dreimal hintereinander ziehe ich die Klospülung.

»Flori, alles okay bei dir?«, ruft Papa aus der Küche. Ist der etwa schon wach?

Ich halte mich am Waschbecken fest, mir ist schwindlig. Ich muss mich übergeben, mir ist schlecht. Mein Kopf dröhnt. Alles dreht sich. Ich habe so etwas wie Hunger, aber wenn ich an Essen denke, rebelliert mein Magen. Ich will schlafen. Ich will meine Ruhe.

Da finde ich einen Brief. Jemand hat ihn auf meinen Schreibtisch gelegt. Es ist ein Brief von Mama. Ich will ihn erst liegen lassen. Dann mache ich ihn doch auf: *»Florian«*, schreibt sie, *»ich bin traurig, dass ich von dir weggehen musste. Aber es ging nicht anders. Wenn du mich brauchst, ich bin immer für dich da.*

Deine Mama.«

Ich heule. Scheint so, als ob ich in letzter Zeit öfter heule. Mit dem Brief in der Hand. Zusammengekauert. Da ist dieses Sehnen – und wir bekommen es trotzdem nicht hin.

Jetzt erst sehe ich, dass vor meiner Tür noch ein Brief liegt: von Hanna. Ich bücke mich, die Welt dreht sich. Der Brief hat eine bunte Briefmarke. Hanna hat aus London geschrieben.

Ich müsste mich freuen. Hanna schreibt nicht oft Briefe. Aber die Welt ist kompliziert, und alles, was kompliziert ist, ist zu viel. Ich wickle mich in meine Decke und starre die Wand an. Das letzte Gespräch war nicht der Hit. Ob Hanna weiß, wie es mir geht? Will ich, dass sie es weiß? Nach einer Weile fühle ich mich mutiger. Ich werfe eine CD an. Ich schwimme in der Musik. Jetzt mache ich den Brief auf. Hanna schreibt:

»Florian, wir haben uns doch gemocht. Erinnerst Du Dich noch an Pippi? Ich tu das so oft …

Pass auf Dich auf. Ich will nicht, dass Dir etwas passiert.«

Und dann hat sie eine Geschichte von Franz Kafka fein säuberlich abgeschrieben.

Für Dich
Kleine Fabel
»Ach«, sagte die Maus, »die Welt wird enger mit jedem Tag. Zuerst war sie so breit, dass ich Angst hatte, ich lief weiter und war glücklich, dass ich endlich rechts und links in der Ferne Mauern sah, aber diese langen Mauern eilen so schnell aufeinander zu, dass ich schon im letzten Zimmer bin, und dort im Winkel steht die Falle, in die ich laufe« – »Du musst nur die Laufrichtung ändern«, sagte die Katze und fraß sie.
(aus: Franz Kafka. Erzählungen, S. 326; Frankfurt 1961)

Pass auf dich auf
Pippi-Hanna«

Ich lese.
Ich weine.

»Du weißt, es geht hier um Leben und Tod.«
»Verpiss dich.«
»Du bringst dich noch um.«
»Verpiss dich ganz einfach.
Ich will Spaß und Vergessen. Mehr nicht.
Verpiss dich.«

»Du weißt, die Dosis hätte tödlich sein können!«

Hilfe, mein Kopf dröhnt. Wo bin ich eigentlich? Sieht aus wie eine Klinik. Doch wie komme ich dahin?

Eine Stimme über mir: »Flori, Florian ...«

Rufend, flehend, bohrend.

Papas Stimme.

Hilfe, mein Kopf dröhnt.

Die Stimme meiner Mutter daneben, dahinter.

Die Stimmen ineinander verwoben.

In Licht und Schatten. Farbspiele unter meinen Augenlidern. Es zuckt.

Ein Schatten beugt sich über mich. Ich öffne die Augen. Papa, Papa.

Mamas Locken dahinter. Wo bin ich?

Ich falle zurück in die Bewusstlosigkeit.

Später.

»Du weißt, die Dosis hätte tödlich sein können!«

Wo ist Hanna? Ich drehe den Kopf. Wo ist Hanna? Ich bin plötzlich hellwach. Sie wollen es mir nicht sagen. Ich kenn doch meine Eltern. Ich wiederhole laut: »Wo ist Hanna?«

Kopfschmerzen sind jetzt egal.

»Hanna ist ...« Papas Stimme bricht ab.

»Wo ist Hanna?« Ich kotze, aber es ist mir egal. Sie wollen nicht antworten.

»Ist Hanna was passiert?«

»Sie liegt im Koma.« Papas Stimme. Brüchig. Zitternd.

Ich kotze.

Ich kotze und zittere. Ich frage wieder nach Hanna.

»Muss Hanna sterben? Wird sie wieder wach? Was ist mit ihr?«

Meine Eltern können nicht antworten. Ich muss mit einem Arzt sprechen.

»Echt, Papa, es war nur Spaß«, will ich erklären, »aber jetzt mit Hanna ...«

»Bei dir auch: 2,3 Promille! Du weißt, es geht hier um Leben und Tod!« Mama runzelt die Stirn.

Ich muss einen Arzt fragen.

»Mama, Papa. Ich war so froh, mit Hanna zusammen zu sein. Wir haben einfach nur getrunken, getanzt. Das ging voll ab. Wochenende halt. Und es kam immer wieder eine Runde Tequila. Echt geschworen. Keine Drogen. Ecstasy oder so etwas kommt für uns nicht infrage. Wir wollen ja nicht süchtig werden. Wir haben es im Griff. Aber so 'n bisschen trinken, was soll's. Nur Spaß. Echt geschworen. Ich wusste nicht, dass Hanna nichts verträgt. Ich dachte, die checkt das.«

Wann kommt endlich ein Arzt? Ich muss nach Hanna fragen. Wenigstens fragen! Mensch, Hanna, ich mag dich!

Ich sehe plötzlich wieder Lichtblitze über mir, um mich, liege in der Musik. Hanna berührt mich, ich stupse sie an. Wir lachen. Licht. Tanzen. Endlich wieder Hanna. Nur sie und ich. Alles andere verschwindet.

Hanna vor mir, Hanna oben, Hanna mit mir. Mensch, wir haben total abgetanzt. Party war das. Party total. Tanzen, trinken. Trinken war nur so zum Antörnen, begreift es. Nicht nur saufen. Begreift es. Und dann ist es eben passiert. Pech gehabt. Filmriss total. Muss man mit leben.

Ich werde wieder wach. Da kommt der Arzt. Endlich. »Was ist mit Hanna?« Er zieht die Schultern hoch. »Wir müssen Geduld haben.«

Der Arzt. Gespräche. »Es kann tödlich sein.« Liegen, kotzen, schlafen. Was ist Koma überhaupt? Ist das wie Schlafen? Ist das wie Tod? Ich schrecke hoch. Ich muss zu Hanna. Sie halten mich fest. »Hanna kannst du jetzt nicht helfen. Aber du warst auch nicht weit davon entfernt. Wir hoffen, dass es trotzdem noch mal gut geht.« Ich auch? Wie lange dauert ein Koma? Mein Kopf! Aber was ist das gegen Hanna. Schwitzen und kotzen. Und wenn ich vier Wochen kotze! Hanna muss wach werden!

Als Hanna aus London zurück war, habe ich ihr eine SMS geschrieben.

»Hi Hanna, back home?«

Kurz darauf: »Ich bin zurück. Treffen?«

»Roger. Eisdiele, 15 Uhr, lad dich ein. C you.«

Ich hab mein weißes T-Shirt angezogen, mir die Haare gegelt und mich endlich mal wieder richtig gemocht. Luftsprünge hätte ich machen können. Ich, Flori, auf dem Weg zur Eisdiele, um mit Hanna ein Eis zu essen.

Als wir uns gegenüberstanden, wollte ich sie am liebsten in den Arm nehmen, aber das hätte sie missverstehen können. Hanna grinste nur. Mensch, sah die gut aus! London scheint ihr bekommen zu sein.

»Schoko-Banane ohne Sahne«, bestellt Hanna. Ich nehme den großen Nusseisbecher. Und einen Kaffee. Obwohl ich den eigentlich nicht brauche, ich bin auch so schon flattrig genug.

»Wie war London?«

»Gut!« Hanna lacht und dann fängt sie an zu erzählen.

Plötzlich wird sie still und schaut mich an. Sie knabbert an ihren Fingernägeln, und da weiß ich, dass sie das letzte Telefonat noch nicht vergessen hat.

»Flori, wieso hängst du mit diesen Mistkäfern rum ...«

»Seit wann interessiert dich ...«, unterbreche ich sie.

»Sei nicht gleich gereizt.«

»Du interessierst dich doch sonst nicht ...«

»Das stimmt nicht. Und das weißt du genau.«

»Hahaha.« Ich bin gemein, ich weiß es. Aber wenn Hanna so spricht, so mütterlich, irgendwie lieb, dann ist es kaum zum Aushalten. Ich spüre, wie meine Hände vor Aufregung nass werden und ich kaum noch stillsitzen kann auf meinem Stuhl. Ich will nicht, dass Hanna so redet.

»Hast du das nicht gemerkt? Du lebst in deiner eigenen Welt.«

»In welcher soll ich denn sonst leben?«

Früher, ja früher, da war ihre Welt auch ein Stück weit meine. Früher gab es Pippi und Opa und eine ganze Menge Träume.

»Hast du Schwierigkeiten?«, fragt Hanna leise.

»Hat die nicht jeder?« Ich kann nicht reden. Nicht so, nicht auf Knopfdruck.

»Mit dir kann man nicht reden«, sagt Hanna und streicht ganz sanft, ganz vorsichtig über meinen Unterarm. Ich starre meine Schuhe an. Hanna hat ja so verdammt recht.

Doch statt etwas zu sagen, löffle ich einfach meinen Eisbecher.

Und dann kam der Typ mit dem Flyer an den Tisch, Party im Blue Moon.

»Los, Hanna, lass uns tanzen gehen«, hab ich gebettelt und dann sind Hanna und ich losgezogen. Wir haben getanzt, wie haben gelacht und wir waren endlich wieder zusammen. Einen ganzen wunderschönen Abend lang. Hanna mit den leuchtend roten Lippen, die glänzten. Hanna mit den wirbelnden Haaren. Hanna mit den funkelnden Augen. Und irgendwie gab's immer Tequila. Ich wollt nur Bier trinken, wirklich. Aber wenn man die Tequila-Gläser an der Bar abgegeben hat, hat man gleich neue, volle bekommen. Irgendwann war's mir egal, irgendwann habe ich aufgehört, die Tequilas zu zählen. Wir haben getrunken.

In dem Augenblick beugt sich wieder mein Vater über mich. »Florian, Florian …! Mensch, Florian, warum?!«

Meint er den Abend? Die Antwort ist leicht: Weil Hanna da war. Partylaune total, endlich Hanna. Aber Papas Augen sind ein Meer von Traurigkeit. Der meint nicht nur den

Abend, der meint nicht den einen Ausrutscher. Der meint das Trinken überhaupt. War zu oft in letzter Zeit. Aber warum?

Tja, Papa – weil die Welt sonst leer ist.

Was fragst du noch?

Das ist wegen Mama.

Das ist wegen Opas Tod.

Das ist wegen der Scheißeinsamkeit.

Das ist wegen Pippi-Hanna.

»Was ist mit Hanna?« Ich bin wieder wach. Sie wissen es immer noch nicht. »Was ist bloß passiert?«, fragt Papa, als wäre er sehr traurig.

Das passiert auf einmal, Papa, mit dreizehn, vierzehn, fünfzehn. Hoffnungen gehen flöten. Man findet die Eltern cool und zum Kotzen. Und die letzten Funken von Mut verschwinden, wenn zu Hause mal wieder die Türen knallen.

Verstehst du das, Papa? – Mama? Du auch?

Nein. Können die ja gar nicht. Ich habe nichts gesagt. Ich räuspere mich.

»Es tut mir leid, Papa. Wirklich. Aber kriegt raus, was mit Hanna ist. Bitte.«

»Alkohol in deinem Alter, der macht kaputt. Einfach kaputt.« Mama sitzt neben Papa. »Gehirn kaputt. Leber kaputt. Leben kaputt.« Das muss gerade Mama sagen! Wütend schaue ich sie an. Mama ist blass. Taschentuch zerknüllt. Genau wie ihr Gesicht.

»Ja.« Wann lassen die mich endlich in Ruhe? Wann suchen sie endlich Hanna? Oder wissen die mehr? Ich springe fast aus dem Bett. »Bleib liegen!«

Mama muss gehen. Hat noch einen Termin. Sonntags? Wie immer. Da hat sich also auch nichts geändert.

Ich kann nach Hause. Aber ich will nicht. Das käme mir wie Verrat vor, Hanna allein zu lassen. Immerhin waren wir zusammen auf der Party. Muss ich da nicht hierbleiben, hier, bei ihr? Aber ich muss nach Hause. Ich zittere – auch wegen Hanna.

Papa und ich fahren. Ein anderer winkt mit einem müden Kopfnicken. Ich erinnere mich schwach. Der war am Schluss auch dabei. Kenn ich nur vom Sehen. Seine Eltern machen totalen Stress. Sieht auf jeden Fall so aus.

Vielleicht hab ich mich in dem Augenblick sogar danach gesehnt, dass Papa mir auch Stress macht.

Er soll mich anschreien! Bitte! Jetzt schrei doch endlich mal und sag: »So geht es nicht, Flori. Alkohol ist kein Spaß! Es geht hier um Leben und Tod!« Aber mein Papa gibt mir nur die Hand, guckt traurig und sagt nichts.

Das tut auch gut. Aber ich merke, da fehlt was. Was?

Schwer zu sagen. Das, was Eltern sind.

Aber es sind ja nicht mehr Eltern. Ist ja nur noch Papa da. Mama wohnt bei Möhre. Nur Papa und ich, wir zwei allein. Gestrandet in einem viel zu großen Haus. Vielleicht ist es ja das, was fehlt. Der sichere Hafen. Zwei Boote, die auf einem fremden Ozean treiben.

Frühstück. Mittagessen. Alles, was so eine richtige Familie ausmacht. Fehlt alles.

Wir sind zu Hause. Papas Stimme: »Sollen wir zusammen etwas machen?«

Nein. Mich interessiert nur: Wie erfahre ich etwas von Hanna? Wie geht es ihr? Ich rufe im Krankenhaus an. Die Frage »Sind Sie ein Verwandter?« hebelt mich sofort aus. Keine Auskunft an Fremde.

Wie erfahre ich von Hanna? Ich möchte zu ihr. Ihr sagen: Ich bin da, Hanna. Sie versteht mich bestimmt. Auch im Koma. Das ist doch wichtig! Aber keine Chance. Und dazu Herzklopfen, Vorwürfe. Was haben wir gemacht? Bin ich schuld? Wenn Hanna was passiert …

Ich bin zu kaputt. Ich zittere, schwitze. Ich gehe in mein Zimmer, werfe mich aufs Bett. Die Wand schwankt. Ich lege meine Hand auf die kalte Tapete. Kassiopeia tippelt in ihrem Käfig. Ich stehe auf und gehe zu ihr. Nehme sie in die Hand. Papa muss sie gefüttert haben. Sie schiebt den Kopf unter ihrem Panzer hervor und sieht mich mit ihren alten, unendlich klugen Augen an. Unten rumpelt Papa am Kühlschrank. Er holt sich sein Bier. Prost, Papa, sag ich durch die Wände. Du trinkst doch auch dein Bier. Und warum dürfen wir dann nicht? Wo ist da der Unterschied?

Und noch etwas, Papa. Warum trinkst du? Warum?

Trinkst du auch gegen die Leere?

Ich krieche wieder in mein Bett. Suche die Kopfhörer und stelle Musik an. Da kommt ein Text. Den kenn ich doch!

»Es geht hier um Leben und Tod.

Das ist eine tödliche Dosis.«

Ich stelle laut. Ich stelle noch lauter. Hanna, Hanna. Ich heule laut. Ich heule die Wände an. Wie ein eingesperrter Hund. Ich stelle leise, ich stelle ab. Heulend werfe ich mich auf mein Bett. Die Welt geht unter!

Hanna!

Später kommt Papa noch einmal in mein Zimmer. Ich liege in voller Kleidung auf dem Bett. Papa zieht mir vorsichtig die Schuhe aus. Papa deckt mich zu und streichelt mir über die Stirn. Das tut so gut. Ich stelle mich schlafend.

Und danach – ich glaube, es ist schon Morgen – kommt Papa wieder in mein Zimmer. »Hanna ist wach geworden. Es geht ihr schlecht, aber sie ist aus dem Koma aufgewacht.« Ich rappel mich hoch, schlaftrunken und trotzdem hellwach. Ich umarme Papa.

Drei Wochen später. Es sind immer noch Ferien.

Mama macht Stress. Totalen.

»Du hängst hier nur rum!«, schreit sie.

»Was soll ich denn sonst machen?«, brüll ich zurück. »Es sind Ferien!«

Auf einmal ist sie wieder öfter zu Hause.

Als ich frage, was mit ihrem Möhre ist, schreit sie los.

»Nenn ihn nicht Möhre! Er heißt Gero.«

»Möhren-Gero.«

Papa mischt sich ein: »Sei nicht so unverschämt.«

Mamas Schultern zittern.

»Hör auf, hier rumzuhängen«, sagt Mama. Ganz ruhig auf einmal. »Such dir einen Job.«

»Hahaha«, ich schlag mir auf die Schenkel. »Guter Witz. Wie soll ich den denn aus dem Ärmel schütteln?«

Papa guckt mich wütend an. »Bewirb dich halt«, bricht es aus ihm heraus. »Tu was! Irgendwas! Aber häng hier nicht immer nur rum wie 'ne lasche Socke!«

Ich fauche wütend zurück: »Geld hat hier doch noch nie gefehlt.«

»Such dir einen Ferienjob, Flori«, sagt Mama noch einmal. »Ich will es.«

»Alles klar.« Ich zucke die Achseln. Ich weiß, was jetzt kommt. Die ganzen Sprüche von wegen »Weg finden« und »durchbeißen«, »Disziplin« und »Lehrjahre sind keine Herrenjahre«. Ich weiß. Sie hatten es auch nicht leicht. Sie mussten sich auch durchkämpfen. Aber will ich so werden wie meine Eltern?

Eine Bewerbung schreibe ich nicht. Es hätte ja doch keinen Sinn.

Dauernd kommt sie hereingerannt, schreit: »Ich – Ich – Ich.«

»Mama, bitte!«

»Flori, bitte. Hör mir zu ...«

»Mama, bitte. Bitte!«

Papa legt den Arm um ihre Schultern, versucht, ihr in die Augen zu schauen. Mama schreit: »Aber ich ...«

Da kann Papa auch nicht mehr.

Er hat nämlich angefangen, sich richtig um mich zu kümmern. Er wollte sogar mit mir an die See fahren. Aber Mama zerschlägt das. Jetzt wäre sie dran und die Klärung ihrer Situation. Also sind Papa und Mama in unsere Zweitwohnung gefahren. Nur zur Klärung, bis zum Wochenende, hat Papa zum Abschied gesagt. Ich glaub, der hofft immer noch, dass Mama zurückkommt. Aber doch nicht so. Mama schreit nur noch. »Wir müssen reden!«, schreit sie, und ich weiß, dass Papa auch nicht mehr reden mag. Er sieht müde aus, geschafft.

»Florian«, sagt Papa. »Florian«, noch einmal. Papa hat Tränen in den Augen.

Meinetwegen? Wegen Mama? Ich hätte ihm so gern geholfen.

Also war ich wieder allein.

Als sie weg waren, habe ich mir eine Flasche aufgemacht. Der Alkohol half zunächst. Mein Bauch wurde warm. Es wurde alles viel leichter. Easy. Es wurde so leicht, schwebend fast. Weiter! Ich trank.

Es war ja sowieso niemand da. Und niemanden interessierte es, was ich tat. Oder wie es mir ging. Kann sein, dass ich auch ein bisschen im Selbstmitleid versunken bin. Bier ist ein guter Freund.

Und genau an diesem Abend rief Hanna an.

Ich lallte. Sie fragte, was wäre.

»Die Welt geht unter«, hab ich gesagt. Oder irgend so etwas. Mit Hanna zu reden ist schwer, telefonieren fast unmöglich. Ich sage immer die falschen Sachen. Und seit dem Krankenhaus, der verheerenden Sommerparty, ist alles nur noch verwickelter und komplizierter. Ich fühle mich schuldig. Ich hätte aufpassen müssen, schließlich ist sie meine beste Freundin. Und ich weiß genau, dass ihre Mutter mich inzwischen für den falschen Umgang hält. Am Anfang hatte ich irgendwie Schonzeit, wegen meinem schwierigen Elternhaus. Das hat sie mich deutlich spüren lassen. Der arme Junge. Das Mitleid triefte nur so aus ihrer Stimme. Aber das ist jetzt vorbei. Jetzt scheine ich abgeschrieben, ein Problemfall. Am liebsten würde sie Hanna verbieten, mit mir befreundet zu sein. Aber Hanna lässt sich nichts verbieten.

Hanna kam mit dem Fahrrad und läutete bei uns. Ich hab nicht aufgemacht. Ich hatte Tränen und Wut.

»Tschüs, Hanna«, hab ich hinter der Tür geheult. Ich schämte mich vor Hanna. Bin ich schuld, dass Hanna so abgestürzt ist bei der Party? Ich fühl mich wie ein Versager. Hanna ist doch meine Freundin, ich hätt wirklich auf sie aufpassen müssen. Mit einem wie mir kann sie nicht befreundet sein, das sehe ich auf einmal klar. Und nehme noch einen tiefen Schluck. Hanna, die schöne, kluge Hanna. Und ich, der Loser.

Doch Hanna geht nicht. Sie wartet. Sie steht vor der Tür. Ich hocke hinter der Tür.

Hanna hat mit den Fäusten an die Tür getrommelt. »Ist mir egal, was deine Eltern sagen. Oder meine. Ist mir egal, was die anderen denken. Florian, mach auf. Bitte. Ich bin es, Hanna!«

Hanna wartet. Ganz lange, und dann noch länger.

Und ich habe immer wieder geflüstert: »Mäuse können nicht reden.«

Und noch einmal: »Mäuse können nicht reden, Hanna. Ich habe Angst vor der Katze.« Das hab ich ganz leise geflüstert, das zweite.

Ich hatte meine Sprache verloren, weil ich mich vor Hanna schämte. Dabei sehnte ich mich.

»Warum habt ihr mir nie gesagt, dass ihr mich lieb habt!«, schreie ich Papa an, als sie von ihrem Aussprache-Wochenende zurückkommen. Natürlich bleibt Mama bei Möhre, das war ja klar. Hatte Papa was anderes erwartet?

Papa erschrickt über meinen Ausbruch. Er schaut mich mit großen, traurigen Augen an.

Ich versuche, meine Tränen zu unterdrücken.

»Wir dachten, du wüsstest das«, antwortet mein Vater.

»Der Einzige, von dem ich wusste, dass er mich lieb hat, war Opa«, sage ich traurig. »Und ihr habt immer so getan, als sei er nicht ganz dicht.«

Mein Vater räumt schweigend die Bierflaschen von meinem Schreibtisch und setzt sich auf die Tischkante. Ich lehne am Schrank. Zwischen uns liegt die ganze Weite des großen Zimmers. Er weiß, dass ich das Bier getrunken habe. Ist ja offensichtlich. Aber er sagt keinen Ton dazu.

»Florian, dein Opa war depressiv«, sagt Papa ernst. »Er war wirklich etwas komisch.«

Meine Wut schlägt mir bis zum Hals. »Wenn ihr meint, dass er verrückt war, wieso habt ihr mich dann mit ihm allein gelassen?«

»Weißt du, Florian ...«, stammelt Papa. Mit dem Fuß zeichnet er Kreise auf den Boden. Der weiß gar nicht, was er sagen soll. Sag es doch einfach, denke ich. Sag doch, dass ihr mich gar nicht wolltet, dass ich euch im Weg bin.

»Wir hatten keine andere Wahl«, erklärt Papa, und es klingt, als hätte er die Sätze irgendwann einmal auswendig gelernt. Oder sie schon oft gesagt. »Wir hatten gerade das Haus gekauft, Mama machte sich selbstständig, wir hatten Schulden. Außerdem wollten wir dir eine finanziell abgesicherte Zukunft bieten. Wir wollten das Beste für dich.«

»Für Geld habt ihr mich verkauft«, stoße ich hervor. »Ich pfeif auf euer Geld, ihr habt mich immer nur wegorganisiert. Ihr habt nie gemerkt, wenn ich Probleme hatte oder es mir schlecht ging.«

Papa macht ein noch traurigeres Gesicht.

»Wie es mir jetzt gerade geht, merkst du das?«, will ich wissen.

Mein Vater steht auf. Endlich schaut er mich an und geht auf mich zu. Ich bleibe stehen. Er stellt sich direkt vor mich und packt mich an den Schultern, dabei drückt er mich so fest, dass es wehtut.

»Für wie doof hältst du mich eigentlich?«, fragt er und sieht mir direkt in die Augen. Ich kann nicht antworten.

Er fängt an, mich zu schütteln.

»Lass mich los!«, schreie ich.

Papa hört auf zu rütteln, aber er lässt mich nicht los. Er hält mich ganz fest. Richtig fest. »Natürlich weiß ich, dass es dir schlecht geht«, sagt er ruhig. »Ich sehe doch, wie kaputt du aussiehst. Ich sehe dein verwahrlostes Zimmer, ich sehe die leeren Flaschen, ich weiß, dass du mein Geld klaust ...«

Er hält mich immer noch fest.

»Und?«, frage ich langsam. »Warum sagst du nichts?« Ich schaue ihn an. Papa hält dem Blick stand.

»Ich dachte, es wäre nur eine Phase«, meint er. »Ich dachte, dass du deine Ruhe willst. Ich dachte, das wäre die Pubertät. Irgendwann habe ich dann gemerkt, dass deine Stimmung immer schlechter wurde und du dich immer mehr verkriechst ...« Papa schaut weg, zum Fenster. »Ich dachte auch, dass Alkohol nicht so schlimm ist wie Hasch oder Ecstasy, aber da habe ich mich wohl getäuscht. Das meinte deine Mutter auch.«

»Sprecht ihr über mich? Das wusste ich gar nicht.« Ich hole Luft. »Wieso redest du überhaupt mit Mama? Das hat doch keinen Sinn mehr. Sie hat doch jetzt Möhre.« Das war ein Vorwurf. Aber Papa geht nicht darauf ein.

»Sie ruft regelmäßig an und fragt, wie es dir geht.«

Ist ja toll, dass ich das mal erfahre, danke. »Das geht sie gar nichts an«, bricht es aus mir heraus. Ich bin wütend. Wütend auf Mama, die einfach ausgezogen ist, wütend auf Papa, der nichts dagegen unternommen hat.

»Egal, was zwischen Mama und mir abläuft, das hat nichts mit dir zu tun. Mama hat dich lieb und macht sich Sorgen um dich.«

Wie lächerlich. Jetzt auf einmal macht sie sich Sorgen. »Wo ist sie denn?«, gröle ich. »Sie vögelt doch bestimmt den ganzen Tag mit ihrem neuen Lover rum. Anrufen ist ja auch viel bequemer.«

»Das reicht.«

Mein Vater dreht sich um und geht aus meinem Zimmer. Die Tür lässt er offen.

»Ich bin sechzehn Jahre alt und nicht völlig bescheuert!« Denkt der, ich merke nicht, was hier abläuft? Ich laufe ihm hinterher. »Deshalb ist sie doch ausgezogen und kommt nicht mehr, wegen ihrem neuen Stecher!« Ich weiß, dass ich gemein bin. Aber das will ich jetzt. Mir tut alles weh, soll er doch auch einmal spüren, wie sich Schmerz anfühlt. Genau.

Jetzt ist meine Chance, mich zu wehren.

Mein Vater steht vorm Kühlschrank und hat sich eine Flasche Bier aufgemacht. »Prost!«, grinse ich ihn an.

»Es reicht«, meint er und nimmt einen Schluck. »Du merkst ja noch nicht mal, wenn sie da ist. Entweder bist du mit deinen Kumpels irgendwo saufen oder du liegst betrunken in deinem Zimmer und bist nicht ansprechbar. Natürlich war sie da.«

Will der sie jetzt auch noch in Schutz nehmen? Das darf doch nicht wahr sein. Oder war sie etwa wirklich da?

»Du lügst doch.«

»Glaub doch, was du willst.« Er schiebt mir einen Zettel zu.

Eine Handynummer steht da drauf und: *»Lieber Florian, wenn du reden willst, ruf mich an. Jederzeit.*

Ich umarme dich.

Deine Mama.«

Vielleicht sind Mama und Papa ja gar nicht so übel, denke ich auf einmal. Papa ist doch ganz in Ordnung. Mama schreibt Briefe. Was will ich eigentlich?

Da kommt mir plötzlich eine Idee. Sie tröpfelt in mein Bewusstsein, durchsetzt es, färbt es.

Es liegt an mir. Ich bin ein ganz blöder Sohn.

Mama hat ja gesagt, sie hält es nicht mehr aus.

Und das kann ja nur mich meinen. Sie hält *mich* nicht mehr aus.

Diesen Gedanken ertrage ich nicht. Ich habe das Gefühl, in mir zerspringt etwas. Als würde ich platzen oder schrumpfen, ein riesengroßer, unerträglicher Koloss sein, den niemand sieht, weil er unsichtbar ist. In meinem Bauch glüht eine feuerrote Wutkugel.

Und ich schäme mich, schäme mich total.

Ich nehme die Wodkaflasche und spüle die Scham hinunter. Ich spüle mich rein und sauber und leer. Ich trinke, weil ich mich schäme. Danach schäme ich mich, weil ich trinke. Ich trinke weiter. Ich trinke regelmäßig. Ich trinke jeden Tag. Ich merke, dass ich trinke. Ich merke, dass ich regelmäßig und jeden Tag trinke. Ich trinke noch mehr und weiter und regelmäßig. Ich trinke jeden Tag mehr. Ich kann nicht mehr. Ich kann nicht aufhören. Ich kann nicht denken. Ich kann nicht sprechen. Ich kann das Schweigen nicht aushalten.

Papa kommt ein paarmal. Er redet mit mir. Versucht es.

Papa zählt die Flaschen.

Papa schimpft.

Papa weint.

Papa weinen zu sehen ist das Allerschlimmste. Er ist doch mein Vater!

Und doch, ich kann nicht anders. Ich habe meine Schotten dichtgemacht. Mein Boot ist auf hoher See. Down under. Ich geh unter und keiner kann mich retten!

Ich trinke. Ich esse, wenig. Ich trinke. Ich schlafe.

Wach werden. Druck haben. Saufen. Einen Jepp haben.

Saufen. Weitersaufen. Filmriss.

Neuer Tag: Wach werden. Kater. Durst.

Saufen. Schämen. Saufen.

Pennen.

Neuer Tag.

Durst! Durst! Durst! Es ist nichts mehr da! Hilfe!

Stoff besorgen.

Alle Tage gleich – Langeweile total – der Blick wird enger und enger.

Ich suche. Ich finde was.

Ich trinke.

Es wirkt: alles so easy.

Trinken.
Schluss.

Passt da noch Schule rein?
Hanna?
Sinnvolle Gespräche?
Duschen?
Waschen?

Alles egal.

Ich saufe …

Ich muss saufen. Ich habe Druck.
Ich erschrecke.

Ich kann auch ohne –
zwei Stunden.

Feigling!
Schwächling!
Verachtung!

Saufen.
Du bist ein Kerl – für kurze Zeit …
Filmriss
Nacht
Tag
Nacht
Tag

Der Sommer ist schon lange vorbei. Der Herbst hat angefangen und es sind die letzten warmen Tage im Oktober. Altweibersommer. Die Hitze steht noch einmal in der Stadt. Und gleichzeitig weht der Wind inzwischen mit einem scharfen Unterton. Man spürt, dass es nicht mehr lange schön bleiben wird. Die Wolken ballen sich zu drohenden Bergen, aber es passiert nichts.

Ich sitze auf unserer Bank, am Ententeich, ein später Nachmittag. Ich schaue in den Himmel, sehe, wie die Wolken sich immer mehr zusammenballen. Im Stadtpark laufen die Leute auf einmal etwas schneller. Als ob sie ahnen, dass etwas in der Luft liegt. Ich sehe den Himmel, er wird schwerer und schwerer. Die Schwüle ist körperlich. Sie drückt mich schwer in die Wiese.

Ich müsste auch gehen. Aber ich bleibe sitzen.

Soll doch passieren, was passieren wird.

Ich fühle mich hilflos, als ob ich dem Wetter nichts mehr entgegenzusetzen hätte. Dabei bräuchte ich nur meine Sachen packen, wie alle anderen, aufstehen und Schutz suchen. Aber ich bleibe.

Plötzlich donnert der Regen los. Dicke, schwere Tropfen. Sie treffen. Im ersten Moment ist es erfrischend. Dann überzieht mich eine Gänsehaut, der Regen ist kalt.

Allein sitze ich auf der Bank, die Haare klatschen mir ins Gesicht und Wasser rinnt meinen Hals herunter. Pitschnass stehe ich auf. Auf einmal bin ich unendlich müde.

Ich will etwas Warmes.

Zur Schule gehe ich auch wieder öfter. Ein bisschen Rhythmus im Chaos. Doch oft gibt es Stress. Die Lehrer nerven.

Dann häng ich abends mit Marco, Nico und Pascal ab. Wir hocken auf unserer Bank am See und trinken. Der nächste Morgen ist hart. Mehr Stress. Abends ein Bier mehr. Freitags Party, oft zumindest. Manchmal bin ich auch allein. Dann hänge ich mit meinem Bier vor dem PC. Kopfhörer auf und los geht's. Trinke und spiele. Solche Tage wechseln mit Tagen, die stinknormal verlaufen. Ich kann auch ohne. Das beweise ich ja damit.

»Pubertät«, sagt mein Vater, »Junge, du bist richtig in der Pubertät.«

»Klasse, Papa, dass du das feststellst, hätte ich selber nicht gemerkt.« Ich lache vor mich hin. Das Thema hatten wir ja schon.

Und einmal kam Papa und fragte, ob er mit mir zum Arzt gehen soll.

Ich hab gedacht, ich hör nicht recht. Wie bitte? Was soll ich beim Arzt? Ich bin doch nicht krank!

Er ist traurig. Und dann bin ich auch traurig. Ich trinke noch mehr. Ich mag meinen Papa. Ich enttäusche ihn. Ich trinke weiter. Papa sitzt an meinem Bett. Er singt ein altes Lied von früher. Da raste ich aus: »Hau ab!«

Vielleicht bin ich ja doch einfach nur in der Pubertät. Mittendrin. Pubertärer Säufer.

Ich habe achtzehn Pickel im Gesicht und fünfzehn am Po, habe schwer zu tun mit feuchten Träumen, Angstschweiß und Albtraum, wälze mich im Bett, sehne mich nach Hanna.

Oder Pippi. Ist egal. Sind beide gestorben für mich.

Oder bin ich gestorben? Für sie?

Auf jeden Fall merke ich immer mehr: Während viele aus meiner Klasse zielstrebig den Weg nach oben gehen, falle ich nach unten. In ein tiefes Loch. Nein, das stimmt nicht. Ich falle und falle. Fallen macht zu Anfang Spaß. Aber wenn es dann zu viel wird, wenn man fast durch die ganze Erde fällt – so kommt es mir oft vor: tief und tiefer –, dann kommt die heulende Angst!

Ist Leben da noch lebenswert? Wenn man fast nur noch kriechen kann? Das heulende Elend auf allen vieren und im Ohr den Spruch: »Mach was aus dir!«

»Du hast keine Chance, aber nutze sie!« Gemeine Ohrfeigen, Sprüche, die mich schrumpfen lassen zu einem Nichts. Papa hat da noch häufig versucht zu reden. Ich war total zu.

Und die einzigen hellen Augenblicke sind in Alkohol getaucht.

Prost! Und ein Licht geht auf!

Prost! Und die Welt leuchtet. Die Welt wächst wieder. Ich werde groß. Übergroß.

Ich bin ein Kerl! Prost!

Ich kann alles, Leute. Schaut zu! Schaut her!

Mit Siebenmeilenstiefeln stiefele ich durch jede Party.

Normale Schritte gehen nicht mehr. Alles übergroß, deutlich, lichtdurchflutet.

Schaut her!

Ich, Florian!

Bis dann der Kollaps kommt.

Der Fall.

Und alles von Neuem beginnt.

Ich geh kaputt.

Zerfall in Molekularteilchen.
Chemie!
Ich zerfalle, Leute! Ich zerfalle.
Tausend Teilchen.
Ich lalle laut in die Klasse.

In Musik nehmen wir die heitere Seite des Barock durch.
Ich piss drauf.
Bach und seine Brandenburgischen Konzerte.
Leb wohl, heile Welt.

Klassenkonferenz.
Heiße Köpfe.
Sätze: Das haben wir doch gewusst. Beide Eltern beruflich so eingespannt.
Erfolgreich auch noch.
Und dann die Scheidung.
Prima, jetzt wissen es alle. Hab ich noch ein Privatleben?

Ich pfeif drauf.
Dabei treffen die Sätze ein Stück ins Schwarze.
Klischeehaft genau.
Ich sitze mittendrin in der Runde.
Ich soll Stellung nehmen.
Ich schweige.
Ich soll erklären.
»Ich spreche nicht Ihre Sprache!«, erkläre ich laut. Dann stehe ich auf und gehe. Ich habe keine Lust, so vorgeführt zu werden. Es ist meine Familie, mein Leben. Die anderen

sollen sich nicht einmischen. Helfen tut ja sowieso keiner. Voyeuristisches Interesse.

Sie sagen, solche Frechheiten ließen sie sich nicht mehr bieten.
Ich kotze drauf. Das sag ich nicht mehr.
Ich schweige.

Ich brauche neuen Stoff. Das sag ich erst recht nicht.
Ich friere und zittere.
Wie komm ich an Stoff?

Ich bin ganz klein. Eine Maus. Ein Mäuschen.
Hanna, du hast recht.
Aber, Hanna, ich habe immer mehr Angst vor der Katze.

Wenn da nicht Herr Liebich, mein Lieblingslehrer, gekommen wäre. Mit Woyzeck und ein paar Blättern zum Thema Alkohol. Ich muss zugeben: Er hat das geschickt gemischt. Obwohl Woyzeck natürlich eine Dimension mehr ist als ich und mein Alkoholproblem. Also: Dieser Franz Woyzeck lebte so etwa vor 150 bis 200 Jahren. Komische Figur, über die man heulen könnte. In der Klasse hat keiner gelacht, alle sind ernst geblieben. Woyzeck ist zum Lachen traurig – eine komische Kombination!

Dieser Woyzeck ist also so blöd, dass er sich, weil er Geld braucht, vom Hauptmann zwingen lässt, nur Erbsen zu fressen. Und der arrogante Schnösel von Hauptmann behauptet gemeinsam mit dem ignoranten Doktor, das verändere das Gehirn. Der Hauptmann macht ihn fertig, pöbelt ihn an. Und statt den Typen zu erstechen, ersticht der Woyzeck seine Freundin Marie. Armes Schwein. Marie und der Woyzeck, beide sind absolut arme Schweine. Der Woyzeck wird dann sogar zum Tode verurteilt und der Hauptmann lebt lustig weiter.

Aber vielleicht ist es genau das: Dieses Undurchschaubare, Paradoxe. Ein Zerrissensein, das absurd anmutet, das mich an Woyzeck so fasziniert. Dieses Zerrissensein – das bin ich auch und das ganze Stück gefällt mir. Woyzeck war einfach klasse. Daran konnte ich mich noch einmal so richtig festhalten. Ein Stück Hilfe! Ein rettendes Floß mitten im Strudel des Alkohols.

Doch dann auch wieder: Was soll der Scheiß? Ich schmeiße alles in die Tonne. Keiner soll sich in mein Privatleben einmischen.

Aber wahrscheinlich macht Herr Liebich das nach dem Prinzip: »Es ist ein interessanter Kasus. Subjekt Woyzeck. Er kriegt Zulage, halt er sich brav! Er hat die schönste Aberratio mentalis partialis, die zweite Spezies, sehr schön ausgeprägt … fixe Idee mit allgemein vernünftigem Zustand …« (aus: Woyzeck. Beim Doktor)

Aber das ist gemein. Ich glaube, Herr Liebich mag mich wirklich, beobachtet mich und will mir helfen. Ich bin kein Kasus. Herr Liebich ist der Einzige, von dem ich mir so was gefallen lasse. Aber mit Woyzeck? Ist das der richtige Weg?

»Es war einmal ein arm Kind und hatt' kein Vater und keine Mutter, war alles tot …«

»Ich glaube, die Einsamkeit hat den Woyzeck zerstört«, sage ich laut in die Klasse.

Die anderen lachen.

Herr Liebich rettet das treibende Floß, zieht mich noch einmal an Land.

»Du hast völlig recht, Florian«, sagt er. »Einsamkeit und Sehnsucht zerstören Woyzeck.«

»Sehnsucht ist doch das, was verbindet. Ein schmerzendes Band. Sie zerstört Woyzeck – und lässt ihn zum Mörder werden«, stoße ich hervor.

Ich glaube, ich könnte auch zum Mörder werden.

»Wenn alles um einen zerfällt, wie beim Woyzeck, sogar die Liebe, dann stößt man zu.« Herr Liebich windet sich. Flattert.

Die anderen feixen.

Ich schüttel den Ersten, den Besten: »Angeber du, du blödes Schwein!«

»Lass los!«, schreit der.

Und er ist im Recht. Ich nicht.

Herr Liebich springt dazwischen, glättet die Wogen. Jetzt könnte ich Opa gebrauchen. Der hätte bestimmt mit mir weiter überlegt. Wo kann Woyzeck sich denn noch festhalten? Und Opa hätte mich in den Arm genommen und »mein Junge« gesagt.

Da wäre einer zum Festhalten gewesen.

Herr Liebich gibt uns Zettel zum Thema Alkohol. Ich hab das Gefühl, als ob dabei alle mit dem Finger auf mich zeigen und hinter vorgehaltener Hand flüstern: Das ist eine Spezialreihe für unseren Alk Flori. Doch Herr Liebich bleibt stur wie ein Panzer: »Das betrifft euch alle. Auch wenn ihr am liebsten mit dem Finger auf andere zeigt.«

Wir sollen Woyzeck und die Alkoholblätter lesen. Zu Hause stell ich die Musik laut. I want more, kommt aus meinem Lautsprecher. I want more, untermalt von treibenden Bässen.

I want more. Die Welt ist so wüst und wild und weit.

Ich will dich. Ich will die ganze Welt. I want more. Ich vertiefe mich in die Zettel von Liebich.

Ich lese:

Die Gier sitzt im Gehirn

»Ich lebte ausschließlich in meinem Zimmer«, erzählt der 21-jährige Tim aus Utrecht, »um mich herum vier Bildschirme, die Xbox 360, Playstation 2, die Xbox 1, ein Notebook und mein GameCube.«

17 Stunden täglich habe er so verbracht. Er habe sogar in eine große Flasche gepinkelt, um nicht mit dem Spielen aufhören zu müssen.

Tim ist der erste Patient einer neu eröffneten Klinik für Computerspielsüchtige in den Niederlanden. Noch ist sich die Wissenschaft uneinig, ob die Computerspielsucht als eigenständige Form der Sucht existiert, aber Messungen von Hirnströmungen bei exzessiven Zockern zeigen, dass sie ähnliche Muster wie Alkoholabhängige aufweisen.

»Die exzessiven Computerspieler waren viel erregter als andere PC-Nutzer«, so die Expertin für Computerspielsucht. Das PC-Spiel verschaffe den Abhängigen einen Kick und unterdrücke unangenehme Gefühle genauso wie das Bier bei Alkoholabhängigen.

Neurotransmitter als chemische Übermittler des Glücks

Offenbar gibt es da eine Gemeinsamkeit. Tatsächlich hat die Wissenschaft zeigen können, dass unterschiedliche

Drogen dieselben Hirnareale aktivieren. Es sind die Bereiche des Gehirns, in denen vor allem der Neurotransmitter (Botenstoff) Dopamin eine Rolle spielt. Dopamin wird beispielsweise verstärkt beim Sex ausgeschüttet und bei anderen emotionalen Erlebnissen, die mit Freude und Ekstase zusammenhängen, weshalb man vom Belohnungssystem spricht. Drogen, aber auch bestimmte Verhaltensweisen, können ebenfalls zu einer vermehrten Dopaminausschüttung in den Belohnungszentren unseres Gehirns führen und ekstatische Gefühle erzeugen.

Mehr vom Mehr

Das Perfide an den belohnenden Drogen und Verhaltensweisen ist, dass sich unser Organismus meist schnell daran gewöhnt und die übliche Dosis nicht mehr reicht. Man spricht dann von einer Toleranzentwicklung.«

Ich zerreiße die Zettel. Ich will nicht!

Ich stopfe sie in den Papierkorb

Das reicht. Interessant! Ich weiß ziemlich genau, wo ich stehe. Ich bin ja nicht blöd.

Da hatte es der Woyzeck fast besser. Der lebte in einer Zeit, wo einfach nicht so viel gekippt wurde. Ich muss zugeben, inzwischen ist mir der Franz Woyzeck immer mehr auf die Pelle gerückt. Der ist nah.

Woyzeck bin ich! Der zweifelt, verzweifelt.

Und kauft sich ein Messer. Auch keine Lösung. Aber Trinken auch nicht.

Doch: Du erzeugst wenigstens ein paar Glücksmomente.

Herr Liebich hat uns erzählt, dass das Theaterstück Woyzeck jetzt seit 150 Jahren unentwegt und immer wieder aufgeführt wird. Die Leute sitzen sich den Hintern platt, um da so eine arme Kreatur zu erleben. Ist schon komisch. Aber mich hat dieses Woyzeckfieber auch gepackt. Ich will das klarkriegen. Da drinnen.

Spinnt ja auch ein bisschen, der Woyzeck. (Der Hauptmann übrigens auch.) Ob der wirklich spinnt von den Erbsen? Oder hat der gesoffen mit seinen Kumpels, nachdem er sich das Messer besorgt hatte? Quatsch! Aber: Saufen wirkt. Das weiß ich! Dazu brauch ich nicht mal Liebichs Blätter. Und auch keinen Woyzeck.

Ich hab Liebichs Blätter über meinen Schreibtisch gepinnt, den Rest, den ich nicht zerrissen habe. Dabei hat uns Liebich darauf hingewiesen, dass, wenn man an Alk gewöhnt ist, man immer mehr brauche.

Das sieht in etwa so aus: Bei einem Gläschen ist die Stimmung gehoben, das Wohlbefinden gesteigert.

Aber da ist schon die Sehleistung leicht vermindert. Aufmerksamkeit, Reaktionsvermögen und Konzentration lassen nach. Man ist risikofreudiger.

Das steigert sich. Bei zwei bis drei Promille, die ich sicher häufig habe, hat man starke Gleichgewichts- und Bewusstseinsstörungen, Konzentrations- und Gedächtnisstörungen, Muskelerschlaffung, Verwirrtheit, kaum noch Reaktionsvermögen.

Da beginnt auch das Kotzen.

Und bei noch mehr, bei drei bis fünf Promille, setzen dann Bewusstseinsverlust, schweres Atmen, Unterkühlung bis hin zu Lähmungen und Koma ein. Das kenn ich. Beim Wort »Koma« zucke ich immer noch zusammen. Hanna.

Jugendliche sind meistens noch sehr viel empfindlicher. Da setzen also all diese Störungen viel früher ein.

Ist alles nicht besonders beruhigend für mich. Ich habe rote Punkte drangemacht, wo ich stehe und wo ich schon mal gestanden habe.

Ehrlich gesagt, sind 1,3 Promille am Tag jetzt normal für mich. Auf jeden Fall nach dem, was ich errechnet habe. Und einmal in der Woche bin ich richtig zu – da bin ich sicher über zwei Promille.

Aber ich gewöhn mir das schon noch ab. Hab ich mir auf jeden Fall vorgenommen. Ich denke trotz allem, so 'n richtiger Alk bin ich doch noch nicht.

Ob der Hauptmann dem Woyzeck auch solche Vorträge gehalten hat über Alkohol und so? Aber ich glaub, die Erkenntnisse gab es noch nicht zu Woyzecks Zeiten. Der hatte es gut. Je mehr die Leute wissen, desto mehr quatschen sie und klugscheißern herum. Das ist auf jeden Fall meine Ansicht. Aber das stimmt auch nicht, was ich gerade gedacht habe: Über die Auswirkungen von Alkohol wussten schon viele alte Kulturen Bescheid. Die Mönche im Mittelalter zum Beispiel auch. Und früher gab es sogar alte Rituale, Trinkspiele. Aufnahmeriten in die Welt der Erwachsenen. Trance und Rausch. Da war das legal, aber da machte man das auch zusammen. Nicht allein. Nicht heimlich. Vielleicht ist das der Unterschied.

Ich vertiefe mich weiter in den Woyzeck. Auf einmal spüre ich: Man kann am besten in einem fremden Wesen leidenschaftlich sein, das eigene Wesen muss man dabei im Stich lassen. Und Woyzeck ist mir nah. Vielleicht habe ich genau wie er Angst und hab deswegen angefangen zu saufen. Es ist die Sehnsucht nach Nähe und gleichzeitig die Angst vor Nähe.

Ich lese:

»Woyzeck, Er hat keine Tugend! ...«

»Ja, Herr Hauptmann, die Tugend – ich hab's noch nicht so aus. Sehen sie: wir gemeine Leut, das hat keine Tugend ...«

Ich habe Wut. Ich hab auch keine Tugend. Und doch hab ich sie. Der Hauptmann will den Woyzeck nur kleinmachen.

Ich gehe an meinen Computer. Ich suche herum. Ich will den Woyzeck sehen. Ist ein klasse Stück. Ein armes Schwein, wie ich! Aber ich kann mich noch hochrappeln. Der Woyzeck nicht. Zumindest nicht, nachdem er zugestochen hatte. Damals wurden so arme Schweine einfach zum Tode verurteilt.

Aber ich kann noch. Jetzt bitte kein Selbstmitleid, Florian.

Ich surfe weiter durch die Bühnenpläne.

Da, in Frankfurt wird der Woyzeck gespielt. Ob ich meinen Vater frage, ob er mit mir dahin fährt? Und das macht der bestimmt. Ich hätte Lust.

Dabei glaub ich, mein Vater hat dem Herrn Liebich gepetzt. Warum mischen sich Eltern überall ein?

Und doch, ganz tief drinnen, weiß ich genau, dass mein Vater sich einmischen muss. Ich wünsche es mir sogar. Gleichzeitig ist es doof und peinlich. Angst vor Nähe und Sehnsucht. Ich bin bekloppt. Jetzt kommt bestimmt alles raus! Und dann zeigen sie mit dem Finger auf mich!

»Florian, du bist ein Alk!« Ich stehe vorm Spiegel und lache rau und böse.

Schwammige Haut, Ränder unter den Augen, belegte Zunge. Ich strecke die Zunge raus. Ich sehe beschissen aus. Hässlicher Vogel. Vogel, der nicht fliegen kann. Bääh!

Ich will, dass Papa sich einmischt. Ich will nicht, dass Papa sich einmischt. Ich will …

Ich brauche Alkohol. Ich brauche keinen Alkohol! Ich brauche ihn …

Ich könnte fast das Gänseblümchenspiel spielen.

Es ist richtig, mein Vater hat mit Herrn Liebich gesprochen. Ich habe ihn gefragt, hab aber nicht gemeckert, weil ich's ja auch gut finde.

Wenn das aber einer von meinen Mitschülern mitkriegt, bin ich unten durch.

Alex säuft auch. Verglichen mit Alex sauf ich wenig. Ich hab sogar drei Tage aufgehört. Hat geklappt. Das ist der Beweis! Ich bin doch kein Trinker. Ich hatte mir vorgenommen: Eine Woche keinen Alkohol. Das war bei Liebichs Blättern und den Stunden zum Thema Alkohol. Und damit wollte ich beweisen, dass ich kein Trinker bin. Ich bin doch kein Alk! Ich hab mir sogar ein Heft gekauft und wollte aufschreiben, was ich in der Woche mache und fühle. Dann hab ich angefangen: Heute ist Samstag, hab ich geschrieben, da kann man am schlechtesten auf Alkohol verzichten. Samstag ist so leer. Der Sonntag noch mehr. Das füllst du sonst mit Alkohol auf. Heute nicht. Langeweile. Dazu Scheißwetter. Alltag. Viele Menschen leben samstags in der Stadt ihren Kaufrausch aus. Einige hängen im Bett herum. Bett und Fernsehen. Ich mache nichts. Ich stehe auf. Putz mir die Zähne. Frühstück. Ich esse ein Brot. Papa hat mir eben ein Brötchen angeboten. »Was machst du heute?«, hat er gefragt. »Nichts«, habe ich gesagt. »Und was würdest du gerne machen?« »Nichts.« Papa wartet. Papa steht auf. »Hast du Lust, mit mir …« Ich lass ihn gar nicht ausreden, unterbreche ihn: »Nein.« Papa geht. Danach fernsehen. Langweilig. Danach aufschreiben. Das hier. Langweilig. Danach Zeitung lesen. Langweilig. Ich glaube, Langeweile ist der größte Feind des Menschen. Was sagte Opa: Sinn, Ziele, Wurzeln. Langeweile erstickt alles. Um fünf fragt Papa, ob ich mit ihm koche. Wir kochen zusammen: Schnitzel, Gemüse, Pommes. Hat was! Papa, du hast bei mir einen Pluspunkt. Danach Fernsehen mit Papa. Dämliche Shows. Wer überlegt sich den Schwachsinn? Aber wenn ich ausstelle, muss ich mich mit Papa unterhalten. Und da gibt es nur ein Thema. Prost, Papa. Er bietet mir ein Bier an. Ich sage heldenhaft: »Ich trinke nicht.« Papa fällt fast das Glas aus der Hand. Oder hat der auch schon einen Tremor?

Hanna hat angerufen, ob ich mit auf eine Party gehe, Biene hat Geburtstag. Die alte Clique trifft sich mal wieder. »Nö«, hab ich gesagt. Auf die Clique hab ich immer weniger Lust. Fühle mich nur noch geduldet, als ob sie denken »der arme Flori, kümmern wir uns mal um ihn«. Auf Mitleid hab ich keinen Bock. Außerdem ist da Alkohol üblich, auch wenn die alle nicht viel trinken. Die vertragen ja nichts. Ich übe für Mathe. Ich räum mein Zimmer auf. Ich habe Wut. Ich nehme wieder mein Heft.

Ich glaube, die größte Aufgabe des Menschen ist es, dem Alltag Sinn zu geben.

Vor solche Sätze schreibe ich *von Opa.*

Schwachsinn. Ich streich ihn wieder.

Ich gehe doch auf die Party. Wenn Hanna schon fragt. Tut sie ja nicht mehr oft. Vielleicht kann ich mit Hanna reden. Aber die hängt nur mit Mattis ab, die beiden kichern und lachen. Dazu für mich nur Mineralwasser und O-Saft. Mattis fragt verwundert: »Du trinkst nichts?«

»Nein, ich bin kein Alk.«

Mattis staunt. »Prost.« Mehr fällt ihm nicht ein. Er trabt zurück zu Hanna. Die beiden tanzen. Biene kichert. Ich stelle fest: Wenn man total nüchtern ist, kommen einem die anderen, die saufen, total beknackt vor.

Also, eine Woche ohne Alkohol! Ich male ein Plakat. Ich hänge es Papa vor die Nase. Von wegen, war gar nicht so schwer. Aber heute trinke ich wieder! Ich habe doch ein Recht auf mein Entspannungsbier. Der Sinn findet sich leichter. Alles easy. Das andere ist schwer. Nur schwer! Und Freitag ist Party.

Ich hab Bock, mal wieder mit Marco, Pascal und Nico abzuhängen, die alten Kumpel. Hab sie in letzter Zeit seltener gesehen, manchmal im Park. Nico hängt jetzt immer mit zwei anderen Typen zusammen, Silvio und Atze. Bomberjacken, Jeans. Keine Glatzen, aber geheuer sind sie mir auch nicht. Sie gucken einen kalt an. Ich hab ihnen schnell ein Bier aus dem Rucksack angeboten. Die haben's genommen und getrunken, gequatscht haben sie nicht viel.

Ich bin fast froh, dass Nico ohne die beiden am Eingang vom Bamboo steht. Marco ist auch gekommen, Pascal hat was anderes vor und von Wolke hat keiner was gehört. Diesmal ist die Schlange nicht so lang, wir kommen schnell rein.

Schon von draußen hören wir die dröhnenden Bässe, drinnen ist es laut und ein bisschen stickig. Wir holen uns erst mal ein Bier, dann geht die Party richtig los. Wir tanzen, wir stehen, wir schauen. Wir sind da. Mit jedem Bier wird die Stimmung leichter.

Marco schaut sich die Mädchen an, von Nico angestachelt. »Schau mal, die da. Scharfes Geschoss.«

Marco winkt ab. »Zu jung. Die wär eher was für unseren Kleinen.«

Ich nehm einen tiefen Schluck, sag nichts.

»Und die?« Nico zeigt auf eine Blonde im kurzen roten Rock. Tiefer Ausschnitt, ihre Brüste wippen im Rhythmus der Musik. Nico hat ein rotes Gesicht, vom Bier, von der Hitze. Vielleicht auch noch von was anderem.

Als ich vom Klo zurückkomme, steht Nico neben dem Mädchen. Er muss sie angesprochen haben. Marco feixt und flüstert mir zu: »Jetzt kannste mal sehen, wie's geht.«

Nico steht neben dem Mädchen, die Hände in den Hosentaschen. Er wippt in den Knien. Dann gestikuliert er mit den Händen. Es soll wohl zufällig wirken, als er an ihrem Arm entlangstreift. Das Mädchen quiekt, ein komisches Geräusch. Sie ist einen Schritt zurückgetreten. Auf einmal steht ein Typ neben ihr. Schwarzes T-Shirt und stoppelkurze Haare.

Und plötzlich schreien Nico und der Typ sich an.

»Mach mein Mädchen nicht an!«

»Wichser!«, faucht Nico zurück. »Ich hab mich doch bloß mit ihr unterhalten!«

»Angegrapscht hast du sie!«, brüllt der andere.

Die beiden stehen sich gegenüber wie aufgeplusterte Kampfhähne. Beide haben knallrote Köpfe. Der andere hebt die Hand, Nico schlägt zu.

Mir stockt der Atem. Einen Moment scheint es still zu sein, dann fangen der andere und seine Freunde an zu brüllen. Marco zieht mich einen Schritt zurück, wir stehen mit dem Rücken am Tresen. Mein Herz klopft. Prügelt Nico sich jetzt? In dem Moment kommen zwei Türsteher, richtige Schränke. Sie packen Nico und ziehen ihn aus dem Bamboo. Der andere hält seine blutende Nase. Das Mädchen kniet neben ihm, ihr laufen Tränen über die Wangen.

Plötzlich seh ich Silvio und Atze. Sie laufen hinter Nico her, gehen mit raus.

»Und jetzt?«, frag ich Marco. Adrenalin rauscht in meinen Ohren. Das war knapp, oder?

»Klappe halten.« Marco dreht sich zum Tresen. »Wir haben damit nichts zu tun. Oder willst du auch Hausverbot?«

Auf dem Heimweg hatte ich ein schales Gefühl. Was haben die mit Nico gemacht? Wie geht es jetzt weiter? Irgendwie fühl ich mich auch feige. Hätte ich Nico nicht beistehen müssen? Er ist doch mein Kumpel. Aber ich prügel mich doch nicht wegen dem. Am liebsten würde ich unsichtbar durch die Straßen schleichen.

Ein paar Tage später spricht Herr Liebich mich an. Das ist vielleicht peinlich. Ich dachte erst, dass er was wegen der Party sagt. Aber davon kann er ja nichts wissen.

Wir gehen zusammen nach oben in den Verwaltungsflur. Herr Liebich geht vor mir her bis zum Elternsprechzimmer. Ich schaue auf die Uhr: »Ich hab jetzt Mathe.«

Herr Liebich lächelt nur. »Florian, du hast schon so viele Stunden verpasst, da geht es doch wohl nicht um eine Stunde Mathe.«

Auf dem Tisch stehen Kaffee und Kekse. Extra für uns. Ich bin fast gerührt. Herr Liebich gießt ein.

»Florian, du weißt, du hast ein Problem«, beginnt er. »Du trinkst.«

Peng. Das sitzt.

Doch gleichzeitig steigt ein anderes Gefühl in mir hoch: Was hat der damit zu tun? Hat mein Vater mich wirklich verraten? Musste mein Vater mich nicht verraten? Erwarte ich das nicht sogar? Wut? Ein heller Zorn, ja! Ich will aufspringen. Herr Liebich springt mitten ins Geschehen. »Florian, du trinkst.« Peng. Schon wieder getroffen! Er wiederholt es noch einmal. Ich halte mir die Ohren zu.

»Sind Sie dafür zuständig?« Hilflose Abwehr. Wenigstens ein Versuch.

»Es gibt Erklärungen dafür«, redet er weiter. »Deine Eltern trennen sich, Du meinst vielleicht, du bist schuld. Du fühlst dich vielleicht überflüssig. Einsam.« Er macht eiskalt weiter. Nein, so stimmt es nicht: Seine Stimme ist voller Wärme.

Ich nicke. Woher weiß er das alles?

»Florian, ich beobachte dich schon länger. Du weißt, ich mag dich. Du bist offen, sensibel, stark. Aber genau das alles lässt dich auch trinken. Florian, du musst davon wieder loskommen.« Das ist ja mal ganz was Neues! Originelle Idee. Wäre wohl keiner drauf gekommen. Ironische Abwehr. Aber sie gelingt nicht. Stattdessen muss ich Liebich plötzlich direkt in die Augen schauen. Meine Augen füllen sich mit Tränen. Hoffentlich merkt er das nicht.

Er schiebt mir einen Prospekt herüber. Ich habe bei dem unerwarteten Wortschwall, der danach kommt, gar keine Zeit, dazwischenzufahren.

Außerdem weiß ich, er hat recht.

Eigentlich will ich. Aber ich kann nicht. Etwas sperrt sich in mir. Ich bin doch kein Alkoholiker! Ich doch nicht.

Ich schaue auf den Prospekt: Diakonie.

Ich habe davon gehört. Mir wird schwindlig. Ich klammere mich mit den Händen an der Tischkante fest.

Endlich kann ich gehen. Mein Rücken ist nass geschwitzt. Ich bin fertig. Meine Hände zittern, aber ist man nicht immer wacklig, wenn die Lehrer so reden?

Und dann auch noch so was.

Eigentlich will ich den Prospekt sofort wegwerfen. Ich brauch keine Hilfe. Ich bin ein Mann, fast jedenfalls, und ich schaff das alleine. Und Angst habe ich auch. Doch dann stecke ich den Prospekt erst mal in meinen Rucksack. Da ist noch etwas, das sperrt. Immer ist da etwas, das sperrt. Immer. Was soll ich tun?

Als ich wieder in die Klasse komme, schielt Hanna heimlich zu mir rüber. Ich tu so, als bemerke ich ihren Blick nicht. Meine Hände zittern. Ich nehme meine Flasche Orangensaft aus der Tasche und trinke einen großen Schluck. Orangensaft ist okay, keiner sagt was. Aber niemand weiß, dass ein guter Schuss Wodka drin ist. Riecht man nicht. Ist mein Pausenfüller. Mit einem tiefen Zug geht es mir sofort besser. Ich nehme noch einen Schluck. Und merke, wie sich wieder Ruhe in mir ausbreitet.

Ich will Hanna ansprechen, bin aber zu feige. Ich hab auch manchmal Angst, dass ich ein Messer zücken könnte, wie Woyzeck. Ich bin nämlich neidisch auf Hanna. Oder auf Mattis. Oder auf das, was Hanna jetzt mit Mattis hat. Ich weiß nicht. Und aus Neid bringt man eine Menge fertig!

Warum ich neidisch bin? Ganz klar. Ich will ein Mann sein, stattdessen bin ich eine Maske.

Nein, Fratze.

Alkoholfratze.

Und Hanna ist Frau.

Eine schöne, vollständige Frau. Mit einem großen Lächeln und einem wunderschönen Körper. Sie hat sich verändert.

Ich liebe sie und komm nicht mehr an sie heran, weil ich merke, ich zerfalle langsam.

Ich ertrage ihre Nähe nicht.

Sie liebt mich und kommt nicht an mich heran, weil ich bei jedem möglichen Zugriff ausweiche, weg bin, zu.

Ich löse mich auf, Leute. Als wenn das ein Spiel wäre. Woyzeck ist ein Spiel. Ich nicht.

Maske – Fratze – Splitter.

Ich schäme mich.

Ich verachte mich.

Und kann doch nicht raus.

Oder gerade deswegen.

Bin ich Alkoholiker?

Ja!

Nein!

Nein?

Ich schaff das. Ab morgen trinke ich nicht mehr. Ich hab's ja schon einmal bewiesen.

Ehrlich!

Und außerdem.

Ist ja nur Alkohol.

Trinken doch alle irgendwie. Mama ihren Sonntagsprosecco, Papa sein abendliches Bier. Weinfest, Kirmes, Weihnachtsmarkt. Keine Familienfeier ohne Schnapsrunde. Vor dem Fußball: Bierwerbung. Und Popstars mit Jägermeisterflasche. Alkohol ist gesellschaftsfähig. Legale Droge. Und der Staat verdient kräftig an den Steuern.

Aber ich brauch ihn!

Bin ich abhängig?

Da fall ich vor Scham in ein tiefes Loch!

Herr Liebich will uns morgen Fragebogen zum Alkoholtest mitbringen und eine Internetadresse zum Thema Alkohol. Was soll ich damit? Ich weiß doch, dass es gefährlich ist. Genau wie Zigaretten. Da steht's auf jeder Packung. Ich bin doch nicht blöd.

Und warum säufst du dann, Florian? Weiß nicht. Will meine Ruhe. Meine ewigen inneren Stimmen.

Ich habe Wut. Warum mischt sich ein Lehrer in mein Privatleben ein?

Und doch. Er hat ja recht. Oder?

Auf jeden Fall bin ich nachdenklich geworden.

Quatsch. Shit drauf. Heute trinke ich nicht. Doch, ich trinke! Ich zeig's denen!

Als ich nach Hause komme, ist mein Vater im Wohnzimmer. Ob ich den mal anquatsche? Einfach so: »Hallo, Papa. Ich hab da ein Problem. Kannst du mir nicht helfen?« Und dann? Schleppt der mich dann zum Arzt? Womöglich zum Seelenklempner?

Außerdem wäre das doch nur peinlich.

Der trinkt doch wahrscheinlich selbst gerade sein Bier.

Am nächsten Tag hat Herr Liebich für jeden in der Klasse Fragebogen ausgedruckt.

Geht das jetzt immer so weiter?

»Machen wir hier Seelenmassage?«, tönt Alex herum. Der war auch schon ein paarmal mit Filmriss in der Klinik. Ich glaube, der säuft mehr als ich.

Hanna guckt mich überhaupt nicht mehr an und das ist bei nur 24 Schülern in der Klasse schwierig. Ich hab immer noch Angst, mit ihr zu reden. Was soll ich auch sagen? Und außerdem steht der Mattis jetzt immer öfter neben ihr. Der schöne Mattis mit den dunklen Locken. Über dessen Besuche freut sich bestimmt auch Hannas Mama. Und ich? Ich bin doch Luft für die. Stimmt nicht. Dicke Luft. Sie guckt weg. Verkrampft. Oder bilde ich mir das nur ein? Nein, dass Mattis seine Hand auf ihren Arm legt, das sehe ich, das ist keine Einbildung.

Und überhaupt. Was soll ich denn sagen? Etwa »Du, Hanna, ich trinke«? Obwohl das gar nicht mehr stimmt. Denn gestern und vorgestern hat mein Vater alle Flaschen verschwinden lassen. Was soll ich da bitte trinken?

Das war ein Riesendrama. Ich saß wie immer in meinem Zimmer. Ich glaube, ich hab nur nach draußen gestarrt, als ich unten Geklapper von Flaschen hörte. Ich ging in den

Flur, lehnte mich über die Brüstung des Treppengeländers. Unten stand mein Vater, hatte eine Kiste neben sich stehen und schaffte alle Flaschen aus unserer Bar in die Kiste. Das kann doch nicht sein! Das war doch immer da! Papa schaffte die Kiste weg. So, wie es sich anhörte, in sein Zimmer. Danach kam er mit der leeren Kiste zurück. Erst jetzt sah ich, dass auch unsere übliche Kiste Bier im Flur zum Abtransport bereitstand. Da sprang ich die Treppe hinunter. »Papa, was machst du denn da?«

»Ich lasse den Alkohol verschwinden, Florian.«

Plötzlich merkte ich, wie ein Stück Boden unter meinen Füßen weggezogen wurde. Die Erde wackelte. Woher sollte ich denn jetzt Stoff bekommen? Es war alles so selbstverständlich gewesen. Hilfe! Ohne Stoff kann ich nicht leben. Ich brauchte den Stoff doch! Ich nahm einfach eine volle Flasche und versuchte es scherzhaft: »Die lässt du mir.«

Papa vor mir: »Gib her!«

»Die gehört mir.«

»Komm, Florian, red keinen Quatsch. Gib mir die Flasche. Ich hab dich schon viel zu lange gelassen!« Papa griff doch echt nach der Flasche, nach meiner Flasche.

»Ich lass die nicht los!«

»Florian«, Papa schaute mir in die Augen. »Gib sie mir. Du weißt, dass ich recht habe.« Ich wusste es und schämte mich unendlich und wollte Stoff und wusste nicht, woher ihn kriegen, und wusste kaum noch ein und aus.

Da schubste ich Papa. Der flog nach hinten. Ich mit meiner Flasche nach oben. Papa hinterher. Er blieb auf halber Treppe stehen. Er weinte. Er stand dort. Hilflos wie ein Kind und schluchzte.

»Papa«, ich wollte es ja sagen. Er weinte doch meinetwegen.

»Papa.«

Ich sagte es nicht. Stand nur wortlos am Geländer. Ich oben. Er unten.

Wie viele Worte werden gesagt. Wie viele verschwiegen. Ich ging in mein Zimmer, suchte Geld. Ich fand auch Geld. Wie lange noch? Ich wartete, bis mein Vater unten fertig war. Dann zog ich mit einem Leinenbeutel los, Alkohol besorgen. Ich kam mir so klein vor, so beschissen. Die Straße war lang, der Beutel schwer, meine Hand zittrig. Zum ersten Mal war mir klar geworden: Ich brauche Alkohol. Ohne den kann ich nicht leben. Die Straße schwankte. Ich schämte mich.

Jetzt trinke ich heimlich. Nächstes Stadium. Gibt es noch Steigerungen?

Papa ist zu mir gekommen und hat mir angeboten, falls der Druck ohne Alkohol zu groß werde, mit mir zum Arzt zu gehen. Ich habe Angst, Papa. Ich trinke wenig. Ich trinke fast nichts.

Ich zittere stark am nächsten Morgen, kann kaum meinen Kaffeebecher halten. Papa nimmt sich Zeit. Nur in zwei Wochen, hat er gesagt, muss er noch einmal für ein paar Tage zu einer Fortbildung an die Ostsee. Sonst ist er da. Er macht sich Gedanken, wie ich in der Zeit allein zurechtkomme. »Ich bin doch immer allein zurechtgekommen.« Papa zuckt zusammen. Er merkt jetzt selbst, was sie da gemacht haben.

»Wenn du Ersatzstoffe brauchst, Medikamente, Florian, ich geh mit dir zu jedem Arzt.« Da hab ich Papa in den

Arm genommen. Ich wollte. Ich konnte nicht. Ich konnte nicht. Ich wollte. Ich war ein Schwächling. Ein Waschlappen.

Wut und Verachtung. Aber die Wärme in Papas Arm tat gut.

Marco und Pascal haben sich gestern endlich mal wieder gemeldet. Als ich gesagt habe, dass mein Alter den Alkohol weggesperrt habe, haben sie einfach aufgelegt. Das sind vielleicht Freunde.

Marco hat dann später noch mal angerufen, ob ich denn jetzt mitmache bei so 'nem Überfall. Ich habe »Nein« gesagt und er »Feigling«.

Marco ist blank. Richtig pleite. Er hat schon alle angepumpt und keiner will ihm mehr etwas geben. »Jetzt müssen härtere Maßnahmen her«, zischt er. »Du musst mir helfen. Mach mit!«

»Ich nicht«, hab ich nur gesagt. Ich hab grad wirklich andere Probleme. Wollen die mich verarschen, soll ich jetzt auch noch kriminell werden?

Und schließlich hab ich mich aufgerafft zu der Frage: »Was von Nico gehört?«

»Nö.« Marco holt tief Luft. »Dem Nico kannste deine Grüße in die JVA senden.«

Ich zucke zusammen. Ist das wegen dem Bamboo? Oder war die Klopperei im Bamboo vielleicht nicht alles? Keine Ahnung.

Ein paar Tage später treffe ich Marco. Sonniger Nachmittag. Zuerst haben wir auf unserer Bank am Ententeich gesessen. Marco hat zwei Büchsen Bier dabei, die haben wir gemütlich gezischt. Tut gut. Meine Hände werden ruhiger. Als die Büchsen leer sind, haben wir Entenwettschießen gemacht. Getroffen hat keiner.

Danach gehen wir in den Supermarkt. Kaufen Bier. Ich bezahle, hab die Münzen abgezählt in der Tasche. Marco gibt das Geld der Kassiererin, die schaut ihn nur kurz an. Müde und resigniert schiebt sie die Dosen übers Band. »Das ist alles?«, fragt sie kurz.

»Alles«, nicke ich. Marco grinst.

Als wir rauskommen, gehen wir wieder zu unserer Bank.

Wir trinken unser Bier. Plötzlich zieht Nico eine Flasche Wodka aus dem Rucksack. »Geht auf Kosten des Hauses.« Genüsslich schraubt er den Deckel auf.

»Du hast doch nicht etwa …«

»Der Kenner genießt und schweigt.« Marco grinst süffisant.

»Du hast doch auch keine Kohle«, fügt er dann noch hinzu. Klingt fast wie ein Vorwurf.

Macht der das schon lange? Ich will es nicht wissen.

Und dann erzählt Marco: »Wolke will sein Geld. Der macht richtig Druck. Ich soll mir was einfallen lassen.« Er stochert mit einem Stock vor der Bank herum. »Du hast doch immer mitgeraucht. Kannst du nicht auch was besorgen?«

»Hey, ich dachte …« Ich schlucke. »Ich dachte, ich wäre eingeladen.«

»Ich bin pleite. Der Chef hat mich rausgekickt. Arschloch.«

»Tut mir leid. Ich hab nichts.«

»Mir auch.«

Wir machen die nächste Büchse auf. Kicken die leere in den See. Erschrocken fliegen die Enten auf.

»Kalt isses.«

»Kalt isses.«

»Ich geh dann mal.«

Sobald ich kann, mach ich mich aus dem Staub. Mit Marco abhängen ist auch nicht mehr das, was es mal war. Ich hab das Gefühl, der steht hinter einer Wand aus Milchglas. Ich seh ihn nicht und er mich nicht. Wir kämpfen jeder mit unseren eigenen Gespenstern.

Zittern. Angst. Herzrasen.

Ich habe nichts mehr. Mein Taschengeld ist aufgebraucht und mein Sparbuch ist weg. Hat Papa weggesperrt. Einfach weggesperrt.

Gemein. Das ist doch mein Geld. Damit kann ich doch machen, was ich will.

Ich habe Angst. Zittern! Zittern!

Ich renn zu Dr. Bäcker. Unserm Hausarzt. Er erklärt mir seelenruhig, dass es einen kalten und einen warmen Entzug gebe. Und der kalte kann lebensbedrohlich sein. Der kalte ist ein Entzug ohne Aufsicht und medikamentöse Begleitung. Der warme Entzug ist der in der Klinik. Da es lebensgefährliche Reaktionen geben kann beim Entzug, muss man dazu in die Klinik.

»Du weißt, es kann hier um Leben und Tod gehen.« Und danach fügt er knapp hinzu: »Ich muss dich ins Krankenhaus einweisen.«

Dr. Bäcker erklärt mir später, dass er schon alles gewusst

hat. Papa ist bei ihm gewesen und hat ihm alles haarklein berichtet. Ich fühle mich verraten. Wäre ich nicht dafür zuständig gewesen? Dr. Bäcker kennt sogar die Mengen, die ich trinke, soweit Papa die abschätzen konnte.

Ich bin in der Klinik. Totaler Kontrollverlust. Ich bin nicht mehr der, der entscheidet. Alles geschieht mit mir. Ich schreie Papa an. »Warum?«

Papa erklärt, dass er das tun musste.

»Und wer hat dir das alles verraten?«, brülle ich.

»Mama. Ich. Vor allem aber du selbst. Meinst du, ich hätte dein Trinken nicht beobachtet?«

»Also hast du allen gepetzt!« Ich fühle mich verraten. Ich zittere. Ich will sogar auf Papa losgehen. Ich hebe die Faust. Ich stoppe in letzter Sekunde.

»Warum handeln Menschen gegen ihren eigenen Willen?« Der Satz schwirrt plötzlich durch meinen Kopf. »Warum? Warum?« Ich brülle: »Ich will gar nicht trinken. Aber ich will vergessen, Leere, Alleinsein, alles!«

Papa nimmt mich in den Arm. Papa nimmt meine Hand. Papa sitzt neben mir.

Ich zittere wie Espenlaub. Ich lass mich vom Stuhl fallen. Ich will nicht mehr.

Ich schleiche durchs Haus. Ich zappe durch die Kanäle. Langeweile total. Ich schiele auf meinen Hockeyschläger. Der grinst mich an. Schadenfreude. Ich lache rau und böse zurück. Da finde ich Geld …

Und wieder Krankenwagen. Klinik. Jetzt zum zweiten Mal mit diesen Entzugserscheinungen.

Wieder Vorträge vom Arzt über Schäden des Gehirns, der Leber. Korsakow-Syndrom. »Mir ist schwindlig.«

Ich kotze. Papas Hand streicht mir über den Kopf.

Man rät mir dringend, nach der Entlassung in ein paar Tagen eine Beratungsstelle aufzusuchen. Dort wären Fachleute, die auch auf seelische Hintergründe eingehen könnten. Wenn ich wollte, würden sie bei der Beratungsstelle einen Termin für mich vereinbaren. Die Klinik würde erst einmal nur entgiften.

»Ich habe keine seelischen Hintergründe«, murmele ich trotzig.

»Die hat jeder, ich auch«, der Arzt sieht mich freundlich an.

Ich könnte losheulen.

»Keinen Bock auf dieses Psychogelaber«, das rutscht mir heraus, als er schon in der Tür steht.

»Das ist bei jedem so«, sagt er seelenruhig. Er kommt zurück und setzt sich.

»Da innen drin verstecken wir doch alle eine Menge Dinge, auch schmerzliche Erfahrungen, die wir am liebsten ganz für uns behalten würden.« Er überlegt. »Wenn die rauskommen, ist nämlich ein Stück von unserem Großsein ab. Der Lack ist angekratzt.« Mit den Worten dreht er sich ganz zu mir.

»Innen drin hat jeder kistenweise solchen Ballast. Wenn man damit nicht mehr fertig wird, muss der sortiert werden.«

Ich habe Angst.

»Und das geht mit Reden?«, frage ich. Der Arzt erklärt mir alles ganz ruhig. Wie er so spricht, klingt es ganz einfach.

Allmählich wird er für mich glaubwürdiger. Ich sehe sein blasses Gesicht. Er ist nicht viel älter als ich. Lächerlich. Der gehört nicht zu der Sorte Doc, die sagen: Ist nicht meine Sache. Der ist interessiert. Der ist da.

»Das geht bestimmt auch anders: mit Malen, mit Sich-Bewegen«, meint er. »Aber da kenn ich mich nicht so aus. Bitte, geh zu einer Beratungsstelle.« Er zwinkert mir zu: »Du musst dich nicht verraten fühlen. Das geht vielen so.«

Und während er noch überlegt, lacht er und sagt: »Das sind Spezialisten. Geh da hin. Das ist sinnvoller, als sich immer zu betrinken. Ich kann dir nur den Anstoß geben, dich bitten. Entscheiden musst du. Geh hin!«

Na, wenn die da alle so sind wie der, kann man das ja wirklich überlegen.

Doch so einfach ist es dann auch wieder nicht. Ein paar Stunden später geht es mir wieder schlecht. Ich schwitze. Ich kotze. Ich zittere. Ich fühle mich total elend. Alle sind nett zu mir. Ich kotze. Ich schwitze. Ich zittere. Ich habe eine helle, heulende Angst. Ich schaff das nicht. Ich kotze.

Papa kommt zurück.

»Der Arzt war schon überzeugend«, sag ich trocken. Ich kotze. Papa leert die Brechschale.

»Du siehst«, sagt Papa und er versucht ein lockeres Zwinkern. »Wir alle sind sehr interessiert an dir!«

Und dann kommt Papa und nimmt meine Hand und sagt: »Ich hab dich doch lieb, Florian.« Und er nimmt seinen schwitzenden, verkotzten Sohn in den Arm.

Ich drücke zurück, Papas Hand. Papa bleibt noch bei mir sitzen. Er gibt mir Wasser zu trinken. Die Nähe tut gut.

Da zieht Papa einen Brief aus der Tasche: »Für dich.«

Ich reiß ihn auf. Er ist von Mama. Da heule ich plötzlich los. Sie schreibt mir ganz schlicht: *»Florian, ich hab dich lieb. Ich halte zu dir. Gib mir ein Zeichen, dann bin ich auch bei dir in der Klinik. Deine Mama.«*

Warum kommt sie nicht einfach? Andere Mütter sind einfach da. Ich will mich melden. Ich melde mich nicht. »Sag ihr«, sag ich zu Papa, »ich hätte mich gefreut.« Danach weine ich. Und zittere. Papa stützt mich. Ich kotze auf Papas Pullover.

Draußen dämmert es. Schatten tanzen an der Wand. Ich hebe das Wasserglas. Ich zittere. Papa stützt meinen Kopf. Papa hält das Glas. Ich trinke ein paar Schlucke. Die Zeit vergeht. Es ist dunkel. Erst als sein Handy klingelt, verlässt Papa das Zimmer.

Ich schaue auf die weißen, leeren Klinikwände. Eine Schwester kommt, misst immer wieder den Blutdruck.

Plötzlich – ich zittere am ganzen Körper, der kalte Schweiß steht mir auf der Stirn – wird mir klar, was vorher so klar noch nie war: Der Alkohol ist mein Freund. Sonst hab ich keinen mehr. Alles zerschlagen. Und doch ist er auch mein Feind, weil er alles kaputt macht.

Hanna, da kann ich nur lachen. Und heulen. Ich schiebe den Gedanken an Hanna ganz schnell zur Seite. Ich bin traurig wegen Hanna. Hanna ist schon vom Alkohol verscheucht. Ich hasse Alkohol. Und doch ist er das Nächste, was ich habe. Neben Papa. Denn Alkohol kannst du immer und überall kaufen.

Übrigens, Hanna hatte mich dann doch in der Schule

angesprochen. Sie mache sich Sorgen um mich. War schön, aber dann kam die Wut. Was mischte die sich auch noch in mein Leben ein? Ich hab jetzt schon genug davon, von all den Besserwissern und Einmischern. Es kotzt mich an!

Ich hab ihr das alles auch ziemlich laut gesagt. Sie zuckte zusammen, zog die Schultern hoch und ging.

Warum tu ich das?

Hanna hat doch recht.

Ich bin ganz schön fertig. Wozu leb ich eigentlich noch?

Der Alkohol, mein Freund (oder mein Feind?), ist gerade nicht erreichbar. Pech! Ob ich abhaue?

Hanna, meine Freundin – ist weg!

Marco und Nico, falsche Freunde, aber immerhin, die einzigen, die mir geblieben sind – sind weg!

Meine Mutter – ist weg!

Nur der Alkohol. Ich muss Geld finden. Aber der Alkohol hat schon all meine Freunde verscheucht.

Also doch kein Geld suchen?

Also ist er doch kein Freund. Ein falscher Verbündeter ist er! Hat mich betrogen. Werd ich ihn wieder los? Und werd ich je wieder Freunde haben? Richtige Freunde? Wer bin ich denn – noch?

Was ist von mir übrig?

Wenn man keinen mehr hat, ist man überflüssig in der Welt. Oder?

Die Nachtschwester kommt. Sie gibt mir etwas Beruhigendes für die Nacht. Ein anderer Typ wird in das Zimmer geschoben. Er röchelt. Er schnarcht. Ich renne auf den Flur. Später versuche ich zu schlafen.

Ich bin entlassen, bin wieder zu Hause. War das ein Ausnüchtern? Eine Entgiftung? Ist jetzt schon alles vorbei? Ich glaube, noch nicht. Nicht nach anderthalb Tagen.

Ich hab den ganzen Tag geschlafen, hab einfach die Rollläden unten gelassen. Im Zimmer ist es dunkel und muffig. Papa muss mal nach mir geschaut haben. Es steht ein Glas Wasser da.

Plötzlich spring ich hoch.

Ich will nicht mehr! Hilfe! Hört mich denn keiner? Bin in einer Hölle gefangen. Ein brüllender Löwe. Ich springe auf, sehe Lichtblitze. Ich will hier weg. Ich reiße die Haustür auf, renne wieder zurück in mein Zimmer. Flucht und Angst!

Ich schnüffle, ich suche. Alkohol. Alkohol. Wie ein Spürhund.

Da finde ich in der letzten Ecke im Keller Bier und zwei Flaschen Wein. Die hat Papa wohl übersehen.

Die gewohnte Ruhe kehrt zurück.

Um zehn Uhr abends kriech ich aus dem Bett, schleiche in die Küche. Keiner da. Ob Papa schon schläft? Vielleicht muss er morgen früh weg. Aber er hatte doch gesagt, dass er jetzt hier wäre.

Ich glaub, ich hab ihn heute aus dem Zimmer geschmissen. Das war nach dem Wein. Ich schäme mich, ich habe Wut. Ich bin allein und Papa ist da.

Allein ist mehr als allein.

Das Alleinsein kriecht wie eine Gänsehaut über mich. Ich verkriech mich wieder in mein Bett.

Ich habe Geld von Papa geklaut. Ich bin froh und habe mich total geschämt.

Wie immer: Erst Mama dreißig Euro geklaut. Alkohol ist teuer.

Danach Alex in der Schule zehn Euro. Die lagen da so rum. Die musste ich nehmen. Dann Papa fünfzig Euro. Aber der merkt nichts.

Ich trinke wieder, habe Geld. Ich schaffe es.

Ich will nichts trinken. Ich schaffe es. Ich renne hinaus.

Wüst liegt die Stadt da. Alles kalt und leer.

Als es mir wieder besser geht, gehe ich auch wieder in die Schule. Die anderen sagen nichts und ich auch nicht. Sie machen einen Bogen um mich und ich bekomme Sonderbehandlung. Hausaufgaben? Nicht von mir. Tests und Referate? Keine Chance. Als ob es genügt, dass ich da bin. Doch Liebich genügt das nicht.

Er bestellt mich wieder zum Gespräch. Diesmal gibt es keinen Kaffee und keinen Kuchen.

Er schaut mich streng an.

»Florian, über deine Leistungen sprechen wir nicht, die sind katastrophal. Du kannst mehr. Das weiß ich und das weißt du. So verbaust du dir dein Leben.«

Blablabla. Den Text kenn ich, das sagt meine Mutter ja auch immer.

Aber Liebich redet weiter. »Es ist eine Sackgasse.«

»… hat keinen Sinn«, murmle ich.

»Was hat keinen Sinn?«, fragt er, scharf fast. »Du gibst

auf. Aber es ist noch nicht zu spät. Du kannst umkehren. Die Notbremse ziehen.«

Das sagt der so dahin. Für ihn ist das leicht. Der muss ja nur labern.

»Ich weiß, dass du das nicht hören willst, Florian. Aber es kann dein Tod sein.«

»Hahaha.« Ich lache trocken. »Wir reden über Bier. Das trinkt mein Vater jeden Abend …«

»Ja, aber nicht in den Mengen. Das, was du machst, ist Saufen. Komasaufen. Quartalstrinken. Du hast ein Alkoholproblem.« Der Liebich schießt Worte wie Pfeile. Ich zucke zusammen. Werd immer kleiner.

»Florian, ich mag dich, das weißt du. Aber wir können auch anders. Als Schule haben wir eine Aufsichtspflicht. Du musst zum Unterricht kommen.«

»Und wenn nicht«, brülle ich.

»Dann wirst du von der Schule verwiesen.«

»Mir doch egal.« Aber das brülle ich nicht mehr, das murmle ich nur noch.

»Das ist der direkte Weg ins Aus.« Liebich schaut mich an. Ernst. Streng. »Wir sind für dich verantwortlich.« Das sagt er fast hilflos. »Aber wir können dir nur helfen, wenn du bereit bist.« Herr Liebich steht auf. »Wann immer du mich brauchst, Florian, du weißt, dass du zu mir kommen kannst.«

Meint der das ernst? Der nimmt mich doch auf den Arm. Freiwillig zu einem Lehrer gehen. Ha!

Und beim Rausgehen sagt er noch: »Und übrigens, ich weiß, dass hier immer mal wieder Geld verschwindet. In der Klasse. Der Direktor weiß auch Bescheid. Wenn noch einmal etwas passiert, schalten wir die Polizei ein. Dann wird es ungemütlich. Richtig ungemütlich.«

Und ohne mich umzudrehen, gehe ich weiter. Was geht mich das an?

Hanna ruft an. Ich sehe ihre Nummer auf dem Display. Trotzdem gehe ich dran. Reden ist immer noch schwer.

»Flori«, sagt sie. Leise. Es scheint, als ob Hanna meinen Namen nur noch leise aussprechen könnte.

»Flori, das passiert doch nicht zufällig. Dass deine Freunde in eine Prügelei verwickelt werden. Dass dein Rad geklaut wird. Dass du deinen Rucksack verlierst.«

»Meinst du, das mach ich absichtlich?«, fauche ich sie an. »Meinst du, ich will, dass das passiert? Ich setz mich doch nicht hin und warte, bis alles passiert.« Meine Ironie ist brüchig geworden.

»Das trifft dich doch nicht, weil du Pech hast. Nicht, weil du einfach zur falschen Zeit am falschen Ort bist. Das passiert, weil du ein Problem hast. Es passiert dir. Mit dir. Wegen dir.«

Ich schweige.

»Du bist Teil ...«

»Ach, Hanna.« Ich will Hanna widersprechen. Ich mach das doch nicht absichtlich. Aber was, wenn sie recht hat? Wenn es wirklich passiert, weil ich ein Penner bin. Einer, der nichts mehr auf die Reihe kriegt. Ich schlucke.

»Ach, Hanna.« Ich seufze tief. Was soll ich tun. Warum gibt sie sich überhaupt noch ab mit einem wie mir? Sie soll mich doch in Ruhe lassen. Wenn ich ihr nicht genüge, soll sie mich doch einfach lassen. Bestimmt findet sie bei Mattis, was sie sucht.

»Ach, Flori.«

Hanna. Hanna mit ihren großen blauen Augen und dem Mund, der so schön lachen kann. Ich sehe sie vor mir, sehe, wie sie in immer weitere Fernen verschwindet. Fühle mich wie ein Eisbär, der auf seiner Scholle immer weiter ins Meer hinaustreibt. Rettung unmöglich.

»Flori, verdammt, tu was. Ich hab die Schnauze voll von deinem Gejammer. Von deinem Selbstmitleid. Reiß dich zusammen.«

Was sagt die da? Ich glaub, ich spinne.

»Ja, genau. Selbstmitleid. Es ist zum Kotzen.« Hanna zeigt Krallen und faucht. »Du jammerst um deine Eltern. Statt dein Leben zu leben. Auch andere Eltern lassen sich scheiden und trotzdem saufen die Kinder nicht. Du kannst auch kämpfen ...«

»Kann ich nicht«, murmele ich schwach.

»Das glaube ich dir nicht«, sagt Hanna. Stark. Energisch. Wütend fast. »Du willst nicht. Es ist ja so auch viel bequemer ...«

Da lege ich auf.

Papa kommt aus der Küche. Ob er das Gespräch gehört hat? Aber dass ich ohne Abschied aufgelegt habe, scheint er mitgekriegt zu haben.

Wenn er mir jetzt Vorwürfe macht, explodiere ich. Aber Papa sagt nichts.

Ich will an ihm vorbeigehen, wieder hoch in mein Zimmer. Als ich fast vorbei bin, sagt Papa doch etwas: »Ich hätte nie gedacht, dass es so weit kommt. Ich verliere dich – meinen Sohn. Und ich stehe daneben und muss zuschauen.«

Papa ist jetzt öfter zu Hause. Aber das ist auch öde. Sollen wir Mensch-ärger-dich-nicht spielen? Papa und ich haben keine Übung im Zusammensein. Dabei sind wir schon ein halbes, drei viertel Jahr eine Restfamilie. Hört sich blöd an, stimmt aber.

Wie einsam kann man sich sogar mit jemandem zusammen fühlen? Wo beginnt die Einsamkeit eigentlich? Beginnt sie in mir? Ist da ihre Wurzel?

Ich fühle mich, als hätte ich da innen drin eine große schwarze Leere. Einen Saal, aus dem mir höhnisch die Stimmen der Einsamkeit entgegentönen, schadenfroh lachend.

Oder ist Einsamkeit der tiefe Einschnitt, den ich seit meiner Kindheit mit mir herumschleppe: Ich – allein – Papa, Mama, wo wart ihr? Ach, Quatsch, Flori, stell dich nicht so an. Es sind nicht immer andere schuld. Du säufst. Du allein! Und du bist dafür verantwortlich!

Marco ruft jetzt öfter an, will, dass wir uns treffen. Viel haben wir nicht mehr zu reden. Wir holen uns unser Bier, das ich bezahle. Geld organisiere ich irgendwo. Und meist ist dann auch noch eine größere Flasche dabei, die ich nicht bezahlt habe. Klauen – klauen. Hab mich dran gewöhnt, ist schon normal. Auch egal. Ob Hanna recht hat?

Und ab und an ist Flatrate-Party.

Nein, stimmt nicht. Flatrate-Partys sind verboten. Aber die Wirte haben feixend ein anderes Angebot auf den Markt gebracht, nach dem Motto: Wir machen schon unser Geschäft!

Sechs Euro Eintritt und jedes Getränk 50 Cent. Da schluckst du genau wie vorher.

Leute: Ich war tot!

Ich schlucke! Ich lebe!

Vorher hatten wir vorgeglüht. Marco und Pascal hatten mich zuerst zu einer Tusse mitgeschleppt, die schminkte sich – und immer wieder einen Schluck Gin. »Das wärmt an!«

Am nächsten Morgen:

Erschrocken fahre ich aus dem Schlaf. Direkt über mir steht mein Vater. Riesenhoch. Er sagt nichts. Schaut mich nur an.

»Was ist?«, frage ich.

»Wieso bist du schon wieder nicht in der Schule?«

Warum fängt der jetzt an, mich zu bemuttern? Ich könnte ja auch fragen: Warum bist du nicht bei der Arbeit? Heute Morgen habe ich null Bock auf Stress. Hab mir gestern so die Kante gegeben, mir dröhnt immer noch der Kopf.

»Dreh dich doch mal um«, sagt mein Vater, »dreh dich zu mir.« Ich liege mit dem Gesicht zur Wand.

Muss das jetzt sein? Ich stell mich schlafend.

Aber er lässt nicht locker.

»Florian, bitte«, er hört sich fast flehend an.

»Was ist denn?«, grummle ich gegen die Wand.

»Dreh dich bitte um«, sagt mein Vater und fasst mir an die Schulter.

»Fass mich nicht an«, zische ich. Ich rappele mich auf.

Mein Vater hat sich auf einen Stuhl vor mein Bett gesetzt.

»Florian, du weißt, dass es so nicht weitergeht«, sagt mein Vater. »Du hast mich neulich selber um Hilfe gebeten, worüber ich mich sehr gefreut habe. Da ich sicherlich schon viele Fehler gemacht habe, möchte ich, dass wir uns professionelle Hilfe holen.«

Professionelle Hilfe, was meint der? Prisma, die Drogenberatung, etwa?

Oder die Diakonie?

»Ich habe morgen für uns beide einen Termin bei einer Drogenberatungsstelle für Jugendliche gemacht, wir gehen da zusammen hin.« Das ist keine Bitte. Papa hat den Befehlston drauf. »Der Mann heißt Herr Körner, er ist Sozialpädagoge.«

Was soll der Scheiß? So ein Wir-haben-uns-alle-so-lieb-Typ, Lasst-uns-eine-Kerze-anzünden-und-Erdbeertee-trinken-Typ – und dann ist alles wieder gut? Nein, danke.

»Was ist?«, will mein Vater wissen.

Seelenruhig. Dass der so ruhig bleiben kann!

Ich zucke mit den Schultern.

»Denk an dein Taschengeld«, sagt mein Vater, so, als wenn es nichts wäre!

Jetzt will der mich auch noch erpressen. Seit einiger Zeit bekomme ich schon kein Taschengeld mehr. Mein Vater meint, dann könnte ich mir keinen Alkohol kaufen. Aber schließlich habe ich ja teure Markenklamotten und viele CDs, die ich verkaufen kann. Und das geklaute Geld. An Geldmangel leide ich wirklich nicht! Na ja, irgendwann hätte ich schon gerne wieder mein Taschengeld. Echt krass, mein eigener Vater versucht, mich zu erpressen.

»Und du musst morgen nüchtern sein bei dem Termin«, unterbricht mein Vater meine Gedanken. »Elf Uhr. Für morgen habe ich dich bei der Schule entschuldigt.«

Oh Scheiße, dann weiß er ja schon, wie oft ich fehle.

In der Tür dreht mein Vater sich noch einmal um.

»Übrigens deine Sprache«, er sucht nach Worten, »deine Sprache lässt in letzter Zeit wirklich zu wünschen übrig. Besonders wenn du mich beschimpfst.« Er holt Luft. »Ich wollte dir das nur mal gesagt haben, jetzt, wo du einigermaßen aufnahmefähig bist. Es sieht für mich so aus, als rutschtest du immer weiter ab.«

»Stimmt, Alter. Alles klar«, sag ich und grinse.

Doch er ist gereizt.

»Ich bin dein Vater, nicht dein Alter. Verstanden? Ich verlange von dir Respekt.«

Peng, das sitzt.

Er hat recht.

Das richtet mich sogar auf. Denn eines hab ich schon lange gemerkt: Während du den Respekt vor anderen verlierst, zerbröckelt auch langsam der Respekt vor dir selbst. Du erkennst dich nicht mehr, du zerbröckelst, zerbröselst. Du löst dich auf.

Lächerlicher Gedanke.

Solche klaren Momente hab ich immer noch. Der Alkohol hat erst all meine Freundschaften zerstört und jetzt zerstört er mich. Und ich schaue zu und zucke mit den Schultern. *Egal* ist mein neues Dauerwort.

Papa dreht sich in der Tür noch einmal um.

»Herr Liebich, dein Lehrer, würde sich freuen, wenn dir die Beratung helfen würde, und er freut sich auch, wenn du mal wieder zur Schule kommst.«

Warum sagt Papa: Herr Liebich, dein Lehrer …? Merkt er das mit den kaputten Beziehungen? Alles bis zur Unkenntlichkeit zerschlagen.

Jetzt fühle ich mich erst recht scheiße. Mir wäre es fast lieber gewesen, wenn er mich angeschnauzt hätte.

An diesem Abend blättere ich wieder mal im Woyzeck. Woyzeck ist mir geblieben. Wieso ist mir der so nah? Der ist auch ganz allein zwischen Menschen.

Ich lese ein Märchen. Ich, ein Märchen? Aber die Welt ist leer, und der Woyzeck weiß auch nicht, wohin er soll.

Großmutter: Kommt, ihr kleinen Krabben! – Es war einmal ein arm Kind und hatt kein Vater und keine Mutter, war alles tot, und war niemand mehr auf der Welt. Alles tot, und es is hingegangen und hat gesucht Tag und Nacht. Und weil auf der Erde niemand mehr war, wollt's in Himmel gehen, und der Mond guckt es so freundlich an; und wie es endlich zum Mond kam, war's ein Stück faul Holz. Und da is es zur Sonn gangen, und wie es zur Sonn kam, war's ein verwelkt Sonnenblum. Und wie's zu den Sternen kam, waren's kleine goldne Mücken, die waren angesteckt, wie der Neuntöter sie auf die Schlehen steckt. Und wie's wieder auf die Erde wollt, war die Erde ein umgestürzter Hafen. Und es war ganz allein. Und da hat sich's hingesetzt und geweint, und da sitzt es noch und is ganz allein.

Woyzeck (erscheint): Marie!

Marie (erschreckt): Was is?

Woyzeck: Marie, wir wollen gehen. 's is Zeit.

Marie: Wohin?

Woyzeck: Weiß ich's?

»Aufstehen, Florian!«, ruft mein Vater am nächsten Morgen ins Zimmer. »Zacki, zacki!« Der hat auf einmal einen richtigen Feldwebelton drauf. »Florian, wir müssen gleich los.« Ich ziehe meine Decke hoch bis zur Nasenspitze.

»Wohin?«, frage ich. Doch da weiß ich es schon wieder.

Hoffentlich machen die keinen Alkoholtest. Nachdem ich den Woyzeck gelesen hatte, hab ich noch den Rest der Flasche geleert.

Schweigend fahren wir zur Beratungsstelle. Keine Ahnung, was auf mich zukommt, was ich sagen soll, was die von mir wollen.

Mein Vater geht vor. Jetzt bin ich froh, dass er da ist.

»Guten Tag«, sagt eine freundliche Dame am Empfang.

»Wir haben einen Termin bei Herrn Körner«, sagt mein Vater.

»Ja«, sagt die Dame. »Richtig, elf Uhr. Herr Körner kommt gleich.«

Mein Vater lässt sich in einen Korbsessel plumpsen. Ich kann nicht sitzen. Auf einmal bin ich aufgeregt. Meine Hände schwitzen und mein Herz klopft bis zum Hals.

Eigentlich sieht das hier ganz nett aus. Keine Klugscheißerposter wie »Keine Macht den Drogen« oder so. Es ist hell und gemütlich.

»Hallo, Familie Schreiber«, sagt der Mann, der gerade aus einem anderen Zimmer gekommen ist.

Witzig, Familie – Papa und ich.

»Ich heiße Körner«, sagt er. »Kommen Sie doch bitte in mein Zimmer, damit wir uns in Ruhe unterhalten können.«

Das soll Herr Körner sein? Irgendwie hatte ich mir einen Therapeuten klein und hutzelig vorgestellt. Mit Nickelbrille und selbst gestricktem Pullover.

Dieser Herr Körner ist circa eins neunzig, Ende dreißig und ganz normal gekleidet. Leider nichts an dem Typ auszusetzen, rein optisch. Er sieht auch nicht nach einem helfersyndrommäßigen Monster aus.

»So, Florian«, spricht er mich an. »Jetzt lass uns mal gemeinsam schauen, wie ich dich unterstützen kann. Du trinkst einiges an Alkohol.«

Das war keine Frage, sondern eine Feststellung. Für den ist wohl schon alles klar.

»Ich werde dir jetzt ein paar sehr persönliche Fragen stellen«, meint Herr Körner. »Wenn es dir lieber ist, kann dein Vater auch draußen auf dich warten.«

Ich nicke.

Mein Vater klopft auf meine Schulter, als er an mir vorbeigeht, und lächelt mir zu.

Nach dem Gespräch bin ich deprimiert. Aber mich hat auch der Wille gepackt. Der Wille, mein Leben zu ändern. Es klang einfach, was Herr Körner sagte.

Herr Körner hat erklärt, dass es nicht normal ist, jeden Tag Alkohol zu trinken und ab und zu wegen einer Alkoholvergiftung im Krankenhaus zu liegen, geschweige denn, sich Alkohol oder Geld zu stehlen.

Bis zum nächsten Termin soll ich mich entscheiden, ob ich eine stationäre Therapie machen möchte. Wenn ja, würde er versuchen, einen Platz für mich zu finden.

Bin ich krank? Er hat es gesagt. Aber ich kann es nicht glauben. Ich trinke doch nur – mal. Na ja, in letzter Zeit vielleicht ein bisschen mehr. Aber ich – krank?

Alkoholiker? Und gleichzeitig weiß ich: Ich brauche Alkohol. Wo ist welcher? Ich hab so einen Drang. Immer.

Um mir trotzdem zu beweisen, dass ich keinen Alkohol brauche, bestelle ich mir im Restaurant eine Cola. Mein Vater hat mich zum Essen eingeladen. Es ist verdammt lange her, dass wir mal zusammen essen gegangen sind. Aber es ist schön. Mein Vater fragt zum Glück nicht, was ich mit Herrn Körner besprochen habe.

Das Essen war zwar sehr lecker, aber als wir zu Hause ankommen, ist mir schlecht und meine Beine zittern.

»Ich leg mich mal hin«, sage ich und gehe in mein Zimmer. Auf einmal kommt mir mein Zimmer furchtbar fremd vor. Was ist das für ein Junge, der hier lebt? Dreckige Wäsche in den Ecken, Papier auf dem Boden. Flecken, Müll, Asche und Kippen. Am liebsten würde ich die Poster von der Wand reißen.

Aber ich springe wieder auf. Wo finde ich Alkohol?

Ich renne im Kreis. Wo ist was zu trinken?

Ich leg mich wieder hin. Ich brauch was!

Ich muss geschlafen haben.

Als ich wach werde, ist es schon dunkel. Ich will was! Ich muss erst mal kotzen. Danach ist es aber auch nicht besser. Ich laufe durch mein Zimmer und versuche mich abzulenken. Mein Herz schlägt schnell und rasend. Ich renne herum, ich spiele Computer. Ein Glas! Wenn ich nur ein Glas hätte!

Ich bin unzufrieden. Ich renne. Lade ein Spiel. Da: Peng, Peng! Abgeschossen. Herzklopfen und Rasen durch mein Zimmer. Ich renne, ich kotze. Hänge mit dem Gesicht in der Kloschüssel. Ein Glas wenigstens, das täte jetzt gut.

Ekelhaft. Ein neuer Schub. Kotzen. Schwitzen und dieser

Jepp nach Alkohol. Bier, Schnaps, Wein. Egal. Es soll guttun. Meine Seele brennt.

Dann fallen mir die Augen zu, aber mir ist immer noch kotzübel. Wäre doch gelacht, wenn ich das nicht schaffen würde. Ich bin doch kein asozialer Alkpenner.

Ich hab tierischen Brand. Ich rase an den Kühlschrank. Mein Vater scheint zu schlafen. Ich will den jetzt auch nicht sehen. Ich kippe Apfelsaft in mich hinein. Mein Magen rebelliert. Ich kotze. Alkohol! Damit das Herzklopfen aufhört. Diese Unruhe. Ich renne, ich rase. Alkohol! Wo kriege ich was?

Herzklopfen und überm Klo hängen. Schwitzen.

Ich finde keinen Alkohol.

Ich suche.

Quatsch, ich bin doch kein Alk. Ich suche.

Ich laufe die Treppe hinauf, vielmehr ich krieche. Kalter Schweiß auf der Stirn. Im Vorbeigehen sehe ich mein Spiegelbild. Weiß wie ein Laken. Der da bin ich? Nein, so seh ich nicht aus …

Schnell weg.

So, jetzt räum ich erst mal mein Zimmer auf. Zwei Uhr nachts. Scheißegal. Papa merkt nichts.

Wie sieht eigentlich mein Zimmer aus? Überall liegen alte Köttel von Kassiopeia, schmutzige Wäsche, im Teppich Brandlöcher … Ist das wirklich mein Zimmer?

Eklig. Ich stopfe einfach alles in den Müll. Ist doch eh alles nur Schrott, wie mein ganzes Leben. Kann ich mich gleich hinterherschmeißen. Aber ich bin zu feige.

Feigling und Trinker.

Ich soll eine Therapie machen? Wieso? Die Probleme

haben doch die anderen und nicht ich. Papa, meine Mutter. Beschissenes Leben!

Ich bin doch ganz normal. Oder doch nicht? Bin ich krank? Nein, nein. Ich will nicht! Soll ich bei Herrn Körner anrufen?

Ich habe Durst. Ich schleiche die Treppe hinunter. Öffne vorsichtig die Tür zu Papas Zimmer. Ich angle das Portemonnaie vom Schreibtisch. Fünfzig Euro verschwinden in meiner Tasche. Ich schäme mich. Das ist Klauen. Ich setze mich auf mein Fahrrad. Verflixt kalt. Ja, richtig, es ist Winter. Dass ich selbst das nicht mehr merke.

Ich radle zum Bahnhof. Alles zu. Mistbahnhof. Ich streife herum. In der Ecke ein paar Alks. Eingepennt. Ey, habt ihr noch was? Sie reagieren nicht. Ich nehme mein Rad und fahre zurück.

Im großen Badezimmer finde ich Schlaftabletten. Vielleicht nehme ich mal eine. Danach zwei Stunden geschlafen. Ich habe Durst. Ich brauche was. Ich finde mich zum Kotzen. Ich hänge überm Klo, rase durch die Wohnung. Herzklopfen und Schreie. Aber die gehen nach innen.

Papa ist für drei Tage auf seiner Schulung. Eigentlich waren es zehn Tage, aber er hat es meinetwegen gekürzt. Ich durchwühle alles. Ich finde nichts.

Gut aufgeräumt, Alter. Ich habe Wut und Brand.

Zweimal guckt Mama in der Zeit nach mir. Ich merke es an den Zetteln, die sie hinlegt.

Ein Brief von der Schule. Ich öffne ihn heimlich. Die haben auch schon gemerkt, dass ich kaum noch komme. Offizielle Verwarnung vom Direktor. Zu viele Fehltage.

Plötzlich der Gedanke an Hanna. Es tut richtig weh. Ich heule, heule laut durchs Haus, gegen die leeren Wände, die Fenster.

Hört mich denn keiner?

Ich brauche Alkohol. Ich schleiche in den Supermarkt. Lass eine Flasche Gin in der Tasche verschwinden, bezahle drei Schokoriegel. Klappt doch. Ist aber Klauen. Herzklopfen. Ich klaue weiter. Ich saufe.

Ich gehe mal wieder in die Schule, hänge da zwei Stunden ab.

Welcher Tag ist eigentlich? Alle haben so komisch geguckt. Was hab ich an mir? Wissen es alle? Flori ist ein Alk?

Ach, Quatsch. Ich trinke doch nur, weil ich allein bin. Ich brauche mehr. Die Kassiererin im Supermarkt guckt mich merkwürdig an. Was haben die alle?

Im Park setz ich mich auf eine Bank. Ich nehme einen Schluck, lass die Flasche wieder im Einkaufsbeutel verschwinden. Ich sitze vornübergebeugt, starre auf den Boden. Da hör ich auf einmal zwei Jungen sagen: »Guck mal, der Penner!« Ich schau mich um. Ist da einer? Ich sehe niemanden.

»Raus!«, schreit mein Vater. »Raus, aufstehen! Wo warst du die halbe Nacht? Wo hast du den Alkohol her? Ich dachte, du wolltest mit dem Trinken aufhören.«

Keine Ahnung, wo ich war, was ich gemacht habe. Fühl mich einfach nur scheiße. Und wieso steht Papa überhaupt in meinem Zimmer? Der wollte doch zu einer Tagung fahren. Ist der schon zurück?

»Du rufst jetzt Herrn Körner an und meldest dich zu einer Therapie an«, sagt mein Vater.

Der soll einfach nur die Klappe halten und rausgehen.

»Hast du verstanden?«, schreit er mich an. »Es geht um dein Leben.«

Noch ein Wort und ich dreh durch.

»Es geht auch anders«, redet er weiter. »Du bist noch nicht volljährig, dann werde ich dich eben anmelden.«

Am späten Nachmittag stehe ich auf. Ich lausche vorsichtig, ob mein Vater da ist.

In letzter Zeit versucht er, viel von zu Hause aus zu arbeiten. Doch vielleicht hält er das mit mir auch nicht mehr aus.

Marco und Pascal haben sich auch schon lange nicht mehr gemeldet. Ich rufe an.

»Hi, Marco«, sag ich. »Was machst du?«

»Nichts.«

»Ach.«

»Rumhängen halt.« Marco seufzt. »Außerdem macht Wolke Druck. Ist nicht mehr lustig. Ich brauch was, Mensch.«

»Warum?«

»Ich schulde ihm Kohle.«

»Ich dachte, der gibt keine Kredite.«

»Ja, hat 'ne Ausnahme gemacht. Aber jetzt macht der echt rum. Ich hab keine Kohle. Aber ich brauch doch was zum Trinken. Von irgendwas muss der Mensch ja leben.«

Was soll ich da sagen?

Jetzt säuft Marco ab.

»Abhängen und auf bessere Zeiten warten«, jammert

Marco weiter. »Bin total blank, und stell dir vor, meine Spießereltern haben mich rausgeschmissen.«

»Das sind ja ganz neue Töne«, sage ich. Aber so neu ist das ja gar nicht bei dem.

»Tja, sie haben gesagt, dass es wohl die beste Möglichkeit ist, mir zu helfen«, erzählt Marco. »Sie meinen, dass ich mein Leben so besser in den Griff kriegen würde. Ich bin echt froh, dass ich die Spießer los bin. Lass uns treffen, außerdem ist mein Akku gleich leer.«

»Klar. Kann auch Abwechslung gebrauchen. Wir treffen uns in der alten Laube«, schlage ich vor und lege auf.

Ich nehme meinen Rucksack, stopfe ein paar Klamotten hinein und räum noch den Kühlschrank aus.

Dreißig Minuten später sitze ich neben dem qualmenden Marco im Gras.

»Willste auch mal?«, fragt er und reicht mir seine Tüte.

Angewidert schüttle ich den Kopf. »Nee, lass mal gut sein. Ich dachte, du wärst pleite, woher hast du das Zeug?«

»Mein letzter Notvorrat«, brummt er leidend. »Ohne Kohle ist echt scheiße.«

»Ich hab was zu essen mit.«

Marco bekommt ganz große Augen. Aber als ich ihm sage, dass ich weder Bier noch Geld habe, sackt er in sich zusammen.

Nach einer Weile springt er auf.

»Jetzt ist ja eh alles Latte«, ruft er. »Wir machen einen auf Gangster. Hier in der Nähe gibt es einen Kiosk. Der Opi, der da drin sitzt, der rafft eh nix mehr. Da hab ich schon ein paarmal was mitgehen lassen.«

»Du meinst, das Ding drehen – wir beide?«, stottere ich.

»Muss es denn unbedingt ein Überfall sein? Bisschen was mitgehen lassen reicht doch.«

»Wennschon, dennschon. Sonst lohnt sich die ganze Sache doch nicht«, meint Marco. »Oder hast du etwa Schiss?«

»Nee«, lüge ich. »Ich hab nur keinen Bock auf Stress.«

Wohl ist mir bei der Sache überhaupt nicht. Einerseits hätte ich auch gerne eine paar Bier und Kohle, andererseits finde ich die Sache kriminell. Aber Nico meint, dass das alles ganz easy sei.

»Dann mal los«, sag ich zielstrebig, um mir selber Mut zu machen.

Warum ich mitgehe, weiß ich nicht. Doch, ich will Alkohol. Und Kohle brauche ich auch. Also los.

»Um neun Uhr ist am wenigsten los«, meint Marco. Marco hat einen Strick in der Tasche. Ich hab meinen Leinenbeutel. Der Opi begrüßt uns. Ich spreche mit ihm, lenke ab.

Da springt Marco hinter die Theke, stopft ihm ein Tuch in den Mund und fesselt seine Hände. »Jetzt mal schön leise, Opi«, murmelt er. »Ruhig bleiben, dann passiert nichts.«

Ich packe ein paar Flaschen in meinen Beutel. Da seh ich den Opa an. Der guckt so groß und traurig. Genau wie mein Opa. »Wir nehmen nur ein bisschen«, sag ich fast entschuldigend. Marco greift in die Kasse. Er dreht sich um und zieht mich mit. »Mensch, weg hier«, sagt er. »Nimm die Flaschen und nix wie weg!«

Marco ist schon draußen. Ich hab Herzklopfen. Die Augen. Plötzlich spring ich zurück und reiß dem Opa das Tuch aus dem Mund.

Da werde ich von hinten gepackt. Starke Arme halten mich.

Ich schreie. Eine Männerstimme sagt: »Das wollen wir doch mal sehen, Bürschchen!« Ich lass meinen Beutel fallen, es kracht. Die Flaschen zerbersten auf dem Boden. Sofort riecht es nach Alkohol.

Ich werd gegen die Wand gestellt. Die Hände nach oben! Wie ein Gangster.

Der Rest geht schnell: Polizeiwagen. Handschellen. Zelle.

Ich heule. Aus Wut über mich. Aus Wut über meine Dummheit. Aus Wut über alles.

Nie, nie, nie wollte ich ein Ding drehen. Und jetzt gibt's 'ne Anzeige, wahrscheinlich sogar ein Verfahren! Und das Beste: Marco haben sie nicht erwischt!

Ich warte. Bis mein Vater mich abholt. Er sagt nichts. Er schweigt, bis wir zu Hause sind.

»Mensch, sag doch mal was!« Er schweigt.

»Du rufst Herrn Körner an!« ist alles, was er sagt. Ich trabe in die Küche, suche die Nummer. Papa hat sie mit einem Magneten an die Kühlschranktür gepinnt. Immer sichtbar. Wie ein mahnendes Schild.

Ich rufe an. Herr Körner ist heute nicht da. Glück gehabt!

Oder hab ich Pech gehabt? Ich weiß nicht, ich weiß gar nichts mehr. Ich vegetiere so vor mich hin. Mein Vater scheint wirklich im Augenblick immer da zu sein. Ob der sich Urlaub genommen hat? Er hat mich kurz in der Küche gefragt, ob ich eine Therapie machen will.

»Weiß nicht« ist alles, was ich gemurmelt habe.

Er versucht manchmal, für uns zu kochen, misslingt aber oft.

»Wir müssten uns eine Haushaltshilfe nehmen«, meint er. »Haushalt ist nichts für mich.« Aber wahrscheinlich tut er es deshalb nicht, weil das mit mir keinen Zweck hat. Mich kann man doch keinem zumuten.

Von meiner Mutter hab ich zwischendurch noch zwei Mal gehört. Sie fragt nach mir. Ich werd jetzt wütender auf sie, verzweifelt wütend. Je mehr ich absacke, desto größer wird die Wut. Ungerecht? Weiß nicht.

Das ist doch ungerecht!

Egal!

Egal!

Schließlich halte ich es zu Hause nicht mehr aus. Papas tapferes Schweigen wird unerträglich. Wenn er wenigstens etwas sagen würde. Meinetwegen auch schreien. Aber nicht diese Stille.

Ich gehe hinter den Bahnhof. Ich nehme einen Schlafsack mit und eine warme Decke. Ich will nicht mehr bei meinem Vater sein. Ich will nicht mehr. Weil ich immer wieder saufen muss. Weil ich Druck habe. Weil Papa viel stärker ist. Weil ich mich schäme. Ein paar Typen hier kenn ich schon. Man grüßt sich, mehr nicht. Nur manchmal fragt einer: »Hast du Stoff?« Ich schüttle den Kopf.

Ich hab zwar noch fünfzig Euro mitgehen lassen von meinem Vater, gerade geschafft, wieder geschämt. Das übliche Muster.

Aber die fünfzig Euro hüte ich wie einen Augapfel.

Die erste Nacht draußen. Ich finde eine Ecke unter der

Bahnunterführung. Stinkt nach Urin. Macht nichts. Wenigstens kein Regen. Wenigstens nicht so kalt. Aber nachts knackt es. Ich hab Angst. Total. Wenn jetzt einer kommt und mich zusammenschlägt? Ich lausche. Ich schlafe. Aber nur kurz. Ich springe hoch, roll den Schlafsack zusammen.

Da sehe ich auf einmal Marco. Der lebt auch draußen. Manchmal in der Laube. Da habe ich in einer Regennacht auch schon mal geschlafen. Besser als nass werden.

Ich könnte mich mal wieder waschen, fühle mich mies. Gibt einige Augenblicke, wo ich das merke, wo es juckt und kratzt und stinkt.

Ob ich mal wieder nach Hause gehe? Ich will, ich will nicht. Der Alte will mich doch nur zu einer Therapie zwingen. Am liebsten einweisen lassen.

Während ich noch überlege, höre ich Marco, der auf einmal zu mir sagt: »Du, dahinten gibt es eine Party heute Nacht, sechs Euro Eintritt, zwanzig Cent jedes Getränk. Das wär doch was.«

Er rempelt mich an und sagt: »Hast du Kohle?«

Meine fünfzig Euro in der Tasche. Meine fünfzig Euro hüte ich. Wenn hier auf der Straße einer ahnen würde, dass ich noch fünfzig Euro in der Tasche habe. Die würden mich überfallen. Deswegen totales Geheimnis: fünfzig Euro. Aber in dem Augenblick rutscht es aus mir raus und ich sage: »Ich glaube, für uns beide könnte ich noch zahlen.«

Marco hängt sich an meine Fersen.

Ich will die fünfzig Euro wechseln. Der soll nicht sehen, dass ich fünfzig Euro habe!

Aber er weicht mir nicht von der Seite.

Da geh ich aufs Klo, aufs Bahnhofsklo. Vornehme Sache geworden in den letzten Jahren. Man muss vorne schon einen Euro fünfzig einwerfen. Die hab ich nicht. Da wink ich die Klofrau zu mir her, ich frag sie, ob sie mir Kleingeld geben kann. Sie nickt, sie wechselt. Fünfzig Euro. Ich geh gar nicht aufs Klo, ist mir zu teuer.

Ich stecke zwölf Euro in die rechte Tasche, noch fünf Euro dazu für die Getränke für uns beide, das muss reichen. Ich muss mein Geld aufteilen.

Ob ich mir vorher schon mal was hole unten im Bahnhof, nur so zum Warmwerden?

Wäre doch mal wieder geil. Auf der anderen Seite verschwendet. Ich kann da ja gleich für zwanzig Cent trinken, reicht wirklich. Das reicht für eine volle Dröhnung.

Und wenn ich wieder im Krankenhaus lande?

Quatsch, ich pass auf. Ich muss einfach die Drinks zählen, die Kontrolle behalten. Das schaff ich.

»Und wenn ich doch im Krankenhaus lande?«

»Hast du was gesagt?«, fragt Marco und lacht rau und böse.

»Danach fragt bei uns keiner mehr«, sagt er.

»Da bin ich anderer Meinung«, sag ich. »Wenn ich im Krankenhaus lande, kommt mein Alter. Dann ist Schluss mit lustig, dann sammelt der mich ein.«

»Dann musst du eine Therapie machen?«, fragt Marco.

»Von Müssen kann keine Rede sein. Das musst du wollen. Und wenn du nicht willst, nehmen die dich nicht. Therapie ist nicht irgend so ein Laden, wo man mal eben hingeht. Die machen voll Ernst.«

»Echt wahr?«, fragt Marco.

»Aber total!«

»Und, willst du?«, fragt Marco.

»Hab keinen Bock. Außerdem bin ich kein Alk. Ich kann auch ohne.«

»Na ja«, murmelt Marco und schubst mich freundschaftlich, »so 'n bisschen haste ja immer.«

Vor der Party gehen Marco und ich in die Bahnhofstoiletten und duschen. Das ist echt super, seitdem die neu sind. Sind zwar schweineteuer, aber sauber. Wir schütteln uns unsere Klamotten aus, riechen aneinander. Stinken wir?

Wir müssen lachen, aber wir freuen uns total: Endlich wieder Party!

Wir stellen uns in die Schlange. Wir haben uns nichts zum Vorglühen gekauft. Wir wollen uns da zusaufen. Ich hab einen totalen Jepp.

Endlich werden wir eingelassen. Unsere Kleidung wird von den Türstehern zwar schief angeguckt, aber wir kommen durch.

Die Musik, die Bässe wummern aus allen Ecken, das Licht. Wir legen uns mitten hinein. Da kannst du drin liegen wie ein Fisch im Wasser. Schwimmen.

Die ersten Getränke kipp ich in mich hinein. Ich hab Marco drei Euro gegeben. Das, durch zwanzig Cent geteilt, sind fünfzehn Getränke. Ich selber hab das Kleingeld in der rechten, die Scheine in der linken Tasche.

Ich trinke, die Welt wird so leicht. Es wird alles wieder so hell. Ich seh auf einmal viel mehr. Mehr als den Tunnel, in dem ich gelebt hab. Die Straße, das Grau, den Regen, die Kälte. Vielleicht noch die Gartenlaube. Und dazwischen

Marcos Gesicht, ein paar Penner um mich herum. Das war's doch. Die Welt wird verdammt eng – enger und enger. Und plötzlich sing ich vor mich hin. Ich singe laut, laut in das Getöse, in das Gedröhne, in die Musik. Hebe die Arme, tanze über die Fläche und singe:

»Die Welt ist wie ein Tunnel, Tunnel.
Die Welt wird enger von Tag zu Tag.
Du musst aufpassen, dass du nicht zu bist.
Und enger von Tag zu Tag.
Schließlich ist da nichts mehr, die Straße, der Bahnhof, der Dreck.
Du glotzt, du starrst, du stumpfst
… enger von Tag zu Tag …«

Ich hab genau aufgepasst. Ich hab jetzt erst fünf. Es geht mir gut. Da kipp ich noch zwei. Doch auf einmal werd ich traurig. Warum mach ich das alles? Wieso? Warum verlass ich Papa? Papa ist doch gut zu mir. Ich gehe morgen zurück.

Ich tanze weiter. Ich kippe noch zwei. Ich halt das nicht aus. Ich will morgen zu Papa. Ich kippe noch mehr. Die Welt ist wieder bunt. Hi, Leute, ich stoße wen an. Ich will mit dem tanzen. Der zeigt mir 'nen Vogel. Ich bin high, ich schwebe.

Ich fliege.

Noch einer.

Dunkel. Was soll ich hier?

Ich hab gar nicht mehr gemerkt, dass ich plötzlich ganz zu war. Hab nur noch gemerkt, wie ich mich auf die Toilette geschleppt und gekotzt hab. Dann hab ich auf dem

Gang zur Toilette gesessen, da saßen noch andere. Wir saßen einfach da und haben die vorbeilaufenden Füße von denen beobachtet, die aufs Klo gingen. Und dann kommen die Aufpasser, die räumen auf. Wir sollen gehen, haben sie gesagt. Ich hab mich hochgerappelt. Weiß nicht, wohin ich gehen soll.

Hinterm Bahnhof in eine Ecke. Stinkt nach Urin und allem.

Ich friere. Ich zittere. Die Nacht ist kalt. Ich hab noch nicht mal meinen Schlafsack – keine Ahnung, wo der ist. Ich hab nichts. Hab nur gesessen, will schlafen.

Plötzlich: ein Schlag auf meinen Kopf. Blut. Jemand greift in meine Tasche. Noch ein Schlag. Auf einmal ist die Welt weg. Schwarz.

Ich werde im Krankenhaus wach. Alles weiß um mich herum. Ich will meinen Kopf heben, der dröhnt. Da ist etwas Fremdes. Ich taste mit der Hand an meinen Kopf. Ein Verband. Ich schau mich um, zur Seite, nach oben. Da liegen noch zwei andere Typen. Alle in blauen Kitteln, unter einer weißen Decke.

Ich liege, ich schlafe, ich warte. Worauf?

Ein Arzt kommt. »Wo bin ich?« Der Arzt erklärt mir, dass ich hinterm Bahnhof überfallen worden bin. Dass ein Obdachloser den Überfall der Polizei gemeldet hat. Mein Kopf hat geblutet.

»Wahrscheinlich haben Sie eine Gehirnerschütterung«, sagt er. Ich schlafe schon wieder. Wie lange?

Mein Vater kommt. Er sitzt stumm vor mir. Der Arzt sagt, dass ich 2,3 Promille gehabt hätte.

Doch da sag ich plötzlich etwas, das sich in den zwei Tagen, an denen ich hier liege, langsam in mir entwickelt hat: »Ich mach eine Therapie, Papa!«

»Meinst du das ehrlich?«

»Ja!« Das ist alles, was ich sage. »Ich mach eine Therapie.«

Papa streichelt mir über die Hände. Er bleibt neben mir sitzen, schweigend. Es tut gut, dass er da sitzt. Es tut gut, nicht allein zu sein.

»Ich mach eine Therapie«, murmele ich noch einmal vor mich hin.

Das sag ich am nächsten Tag dem Arzt. Ich informier ihn auch darüber, dass ich schon mit der Beratungsstelle Prisma und Herrn Körner gesprochen habe.

Da kann ich vom Krankenhaus aus bei Herrn Körner anrufen.

Hab gerade mit Herrn Körner telefoniert. Der konnte sich sofort an mich erinnern, obwohl wir uns ja nur einmal gesehen haben. Jetzt, hat er gesagt, läge es an mir. Ich müsse beweisen, dass es mir ernst ist. Leider ist gerade kein stationärer Therapieplatz frei. Ich muss mich jede Woche einmal bei ihm melden. Er will sehen, ob ich es wirklich ernst meine.

Ich hoffe, dass ich nicht zu lange warten muss.

Ich warte, ich muss immer wieder zu Herrn Körner gehen. Ich hab mir noch mal Geld besorgt. Ich kann mich versorgen – mit Alkohol, klar.

Gestern hat Papa einen Kasten Bier stehen lassen. Ich hab ihn sofort geleert. Er war sauer. Papa besorgt einen neuen. Der neue steht da. Ich glaube, Papa kann langsam auch nicht mehr.

Mein Leben ist auf Alkohol ausgerichtet.

Werde ich morgens wach, erschreck ich: Was hab ich gestern gesoffen? Steh ich auf, hab ich den Druck: Ich brauch neuen, ich brauch mehr.

Aber ich hab kein Geld. Ich durchwühle das Haus.

Finde nichts, finde doch was.

Ich versetze Klamotten hinterm Bahnhof für eine Flasche Schnaps.

Ich trinke, ich saufe, ich schlafe, ich trinke.

Alkohol am Morgen, Mittag und Abend. Ich muss aufpassen, dass ich die Besuche bei Herrn Körner zwischendurch schaffe.

Ich muss außerdem aufpassen, dass ich dann nicht so eine Fahne habe und einigermaßen klar bin.

Er fragt mich jedes Mal, jedes Mal von Neuem und immer mehrmals, ob ich wirklich will.

»Klar, ich will. Sonst wäre ich doch nicht hier«, sag ich immer wieder.

Auch wenn dieses Wollen manchmal gar nicht mehr klar ist. Manchmal verschwimmt es, einen halben Tag, einen ganzen Tag. Besonders wenn ich gesoffen hab. Wenn ich danach down bin. Das kommt jetzt immer häufiger, dass ich mich richtig schlecht fühle, gar nicht mehr weiß, wofür die Welt sich eigentlich dreht.

Wenn ich dann bei Herrn Körner bin und die Frage kommt: »Willst du wirklich?«, sag ich jedes Mal: »Ja, ich will wirklich von dem Scheißzeug loskommen. Ich will wirklich.« Als wenn es diese Sätze sind, die mich stark machen. Ich richte mich danach wieder auf, kann wieder gerade hinausgehen. Ich will los davon.

Und dann kommt der erlösende Anruf, schon nach sechs Wochen. Sie hatten mir gesagt, ich müsse wahrscheinlich drei bis vier Monate warten. Doch nach sechs Wochen kommt schon der Anruf: Es ist ein Platz frei. Ich freu mich, ich zittere. Schaff ich das?

Ich will.

»Du weißt, es geht hier um Leben und Tod.«
»Verzieh dich.«
»Das ist eine tödliche Dosis.«
»Verzieh dich. Ganz einfach.
Nein, bleib.
Ich fange an zu begreifen.«

Ich komme mir vor wie am ersten Schultag. Ich hab null Ahnung, was auf mich zukommt. Meine Eltern trotten bedröppelt hinter mir her. Meine Mutter ist auch mitgefahren. Sie hat ein schickes Kostüm an und trippelt auf hohen Schuhen neben meinem Vater her. Auch Papa hat sich schick gemacht. Und doch sehen die beiden aus, als würden sie auf meine Beerdigung gehen.

Vor uns ein blaues, flaches Haus. Sieht freundlich aus.

Die Villa. Es sieht wie eine schwebende Insel aus.

Die Fenster sind wie Hannas Augen umrandet. Ich lache. Aber diese Fensteraugen hier sind bunt. Man sieht sofort: Hier ist etwas Besonderes!

Was macht eigentlich meine Mutter hier? Wahrscheinlich will sie sich überzeugen, ob ich auch wirklich weg bin, damit sie sich noch weniger kümmern muss. Ist gemein, was ich denke.

Doch wenn die gleich einen melancholischen Mist labert, dreh ich ab. Die soll sich verziehen. Die hat sich doch nie gekümmert.

Aber meine Eltern sehen so hilflos aus! Wieso habe ich auf einmal das Gefühl, dass ich mich um meine Eltern kümmern muss? Sie sehen so klein aus und traurig, sagen gar nichts und laufen hinter mir her wie herrenlose geprügelte Hunde.

Ich gehe auf die Tür zu. So, als wenn ich genau wüsste, wohin ich gehe. Zielgerichtet und gerade. Den Unsicherheitspart nehmen mir meine Eltern ab. Wie praktisch!

Ich drücke auf die Klingel der Station.

»Ja, bitte?«, fragt eine weibliche Stimme in der Gegensprechanlage.

»Florian Schreiber hier«, antworte ich. »Ich bin mit Dr. Schröder verabredet.« Oder hätte ich sagen sollen: »Ich soll eingeliefert werden?« Ich lache auf. Dass ich überhaupt noch lachen kann!

»Moment«, sagt die Stimme. »Ich hole dich gleich ab, Florian.«

Das ist ja wie im Knast hier. Alles verriegelt und verrammelt.

Kurz darauf schließt eine junge blonde Frau die Tür auf.

»Herzlich willkommen, Florian«, sagt sie freundlich. »Ich bin Astrid und zeige dir nachher alles. Jetzt bringe ich dich und deine Eltern erst mal zu Herrn Schröder.«

Ich gehe wie durch einen Tunnel. Aber es ist Licht am Ende! Oder? Nur Dunkel? Ich gehe geradeaus. Ich will das alles hinter mich bringen. Schnell. Schnell.

Ich ahne in diesem Augenblick noch nicht, dass das alles hier mit »schnell« nichts zu tun hat. Oder überkommt mich doch eine Ahnung von einer zunächst qualvollen Länge? Aber das kenn ich doch! Ich will rennen. Am liebsten. Ich bleibe stehen. Ich sehe ein Schild: Dr. Schröder. Ich geb mir einen Ruck. Ich gehe weiter. Plötzlich ist Astrid wieder vor mir.

Es wird ernst. Ohne mich nach meinen Eltern umzusehen, gehe ich hinter Astrid noch einen Flur entlang. Rechts und links geschlossene Türen. Ich höre Stimmen. Da lacht ja sogar einer. Ist das hier möglich?

Wir sind da.

Eine Tür öffnet sich, schließt sich hinter mir. Meine Augen flattern an den Wänden entlang. Moderne Kunst. Helle, klare Farben. Gefällt mir. In der Ecke zwei Sessel. Dr. Schröder rückt noch zwei Stühle heran. Ob ich in einem der Sessel später sitzen werde? Wie viele Stunden ich da wohl verbringe? Aber vielleicht ist Dr. Schröder ja gar nicht mein Therapeut.

»Welche Erwartungen hast du?«, fragt Dr. Schröder freundlich und direkt.

Ist doch wohl klar. Dass ich vom Alkohol wegkomme! Ich sage es mit rauer Stimme, räuspere mich.

»Gibt es etwas, das du dir im Alltag wünschst?«

»Dass ich einen netten Zimmernachbarn hab.« Davor hab ich am meisten Schiss. Wenn das so 'n total abgedrehter Typ ist. Aber bin ich nicht auch abgedreht?

»Wovor hast du hier Angst?« Die Frage dringt noch an mein Ohr.

»Vor allem«, rutscht es mir heraus. Ich grinse dabei. Zum Teil aus Verlegenheit. Wenn es nicht so verdammt ernst wäre.

»Du willst also hierbleiben mit all unseren Regeln?«

Ich werde unsicher. Verdammt. Mein Blick flackert.

»Aber ja, doch.« Das hört sich fast wie Marco an.

»Warum doch?«, fragt Dr. Schröder.

»Trotz allem«, sag ich. »Ich denke, es wird schon schwer hier.«

»Stimmt«, sagt er. »Astrid wird dich herumführen. Wir haben hier Grundregeln. Strikte Einhaltung ist Bedingung, sonst bis du schneller hier raus, als du eben hereingekommen bist.« Seine Stimme ist klar. Der meint, was er sagt.

»Klar«, sage ich.

Die Grundregeln sind:

Nicht trinken!

Keine Gewalt!

Keine Beziehungen. Man soll in sich selbst stark werden!

Respekt voreinander.

An allen Terminen (kooperativ) teilnehmen.

Aufgaben übernehmen, z. B. Putzen, Küchendienst usw.

Abhauen heißt weg sein. Keine neue Chance auf den Platz in der Therapie.

Sie hängen irgendwo, die Regeln, aber sie werden so oft wiederholt, dass sie sich schnell eingeprägt haben.

Gibt es noch einen Ausweg? Wohl nicht. Ich muss da durch!

Der Rest des Gesprächs mit Dr. Schröder geht völlig an mir vorbei. Ich weiß nichts mehr, ich verstehe nichts mehr, ich will nichts mehr. Alles ist unwirklich. Gibt es noch ein Zurück?

Bei dem Satz »Du hast zwei Monate Kontaktsperre« schrecke ich hoch. »Das heißt, keine Besuche und keine Telefonate. Ihr müsst euch auf euch selbst konzentrieren und die echte Chance dazu haben. Zeit nur für dich – für deine eigenen Schritte. Briefe sind erlaubt. Da überlegt man mehr, was man von sich gibt.«

Werde ich hier zwei Monate eingesperrt?

Meinen Vater würde ich schon vermissen.

Mein Kopf dröhnt, ich will aus diesem Zimmer raus! Raus, das ist mir alles zu eng!

Ich will weg! Weg! Und trotzdem bleib ich, nachdem wir aufgestanden sind, wie angewurzelt stehen.

Mit den Worten »Du schaffst das« verabschiedet sich mein Vater von mir.

Meine Mutter will mich in den Arm nehmen.

»Lass das«, sag ich und dreh mich weg.

Da sitze ich nun. Alles ist so unwirklich. Wie ein Nebel und doch ganz klar. Was soll ich tun? Soll ich in mein Zimmer gehen und auspacken oder gleich wieder gehen? »Willst du wirklich? Was willst du?« Wie viele Hundert Mal haben die das auch vorher bei Prisma schon gefragt.

»Wer sich nicht an unsere Regeln hält, fliegt schneller raus, als er gucken kann«, sagt Dr. Schröder noch einmal. Die Regeln scheinen hier sehr wichtig zu sein. Zu Hause hatte ich eigentlich gar keine Regeln. Keine festen Mahlzeiten. Früher ja. Als Opa noch lebte, also bis ich ungefähr in der sechsten Klasse war. Danach wurde wohl beschlossen, dass ich jetzt groß genug wäre zum Alleinsein. Nach Opas Tod war das.

Stimmt das?

Ja und nein. Denn meine Einsamkeit hatten meine Eltern sicher nicht geplant. Doch wann schlägt Alleinsein in Einsamkeit um? Hängt das mit der Pubertät zusammen, Tausende Hormone, die tanzen? Ist das dann, wenn man die Eltern fast wie im Wechselbad mal total zum Kotzen und mal richtig cool findet? Aber ich spinne schon wieder herum!

Nein. Seit wann fühl ich mich einsam?

Es war schon viel früher: Als ich mir Geschwister wünschte und meine Eltern darüber lachten. Auch, wenn sie mich mit Opa bei wichtigen Dingen allein ließen. Da hab ich's auch schon gemerkt. Aber es war noch nicht Einsamkeit total. Da gab es Steigerungen.

Doch was quatsche ich herum! Draußen höre ich Dr. Schröder. Seine klare Geradeaus-Art hat mir gefallen.

Er hat mich auch noch einmal gefragt, ob ich wirklich wolle.

Er hat mir dabei in die Augen gesehen, als wollte er es da überprüfen.

Ich will. Weg vom Alkohol. Weg von meinem Leben.

Ich will weg von Nico und Marco. Ich habe Angst vor den Gerichtsverhandlungen.

»Man müsste ein Ding drehen«, der hat doch von Anfang an gesponnen.

Ich schäme mich, wenn ich an meine Klasse denke. Aber vielleicht hört das ja auf.

Dabei habe ich einen hohen, bedrohlichen Berg vor mir. Schwammig, hoch, schwarz. Voller Gnome und kleinen drohenden Wesen … »Alkoholentzug!«, schreien sie.

»Wir werden dich piesacken, dir zusetzen.« Sie drohen mir, setzen sich auf mich, sogar auf meine Augen. Ich seh nicht mehr klar!

Ach, Quatsch.

»Ich bin hier, um davon loszukommen. Ich schaffe das!«

Meine Stimme hört sich klar an.

Ich werde in mein Zimmer geführt, da liegt einer auf dem Bett. Ich will weg! Der rührt sich überhaupt nicht, als ich komme. Hat Kopfhörer auf, ignoriert mich. Ich will wirklich weg! Nach den Postern zu urteilen, die über seinem Bett hängen, hört der gerade Heavy Metal. Ich will weg. Und doch bleib ich stehen, schwer wie ein Klotz.

Astrid, die mit mir kommt, zieht an seinem Arm. Sie sagt mir, dass der andere Felix heißt, und bittet ihn, sich kurz vorzustellen. Er brummelt etwas vor sich hin, verkriecht sich sofort wieder auf sein Bett.

Felix ist sehr lang und schlaksig. Er hat Schweißperlen auf der Stirn und an der Oberlippe. Die glänzen. Er zittert. Sein Mund sagt etwas. Ich versteh es nicht ganz. Dass er schon vier Tage hier ist. Zum Entzug. Verdammt hart. Er muss etwas Härteres genommen haben als ich. Zumindest versteh ich das bei den Brocken, die er mir an den Kopf wirft. Doch auf einmal grinst er, lächelt mich an. Ein breites, sympathisches Lächeln. Das könnte einem fast Mut geben. Also, ich bleibe! Aber nicht nur wegen Felix. Ich will, ich muss los von dem Stoff. Mit Felix spreche ich während der ganzen Zeit nicht viel. Aber für mich verbreitet seine Gegenwart etwas Helles. Etwas wie: Du schaffst das. Auch wenn er gerade rausrennt zum Kotzen.

Ich räume meine Sachen in den Schrank, den Astrid mir gezeigt hat. Jetzt liegt Felix wieder auf dem Bett. Er will Musiker werden, erzählt er mir später. Auch wenn er kein Instrument spielt.

»Aber Musik, die füllt einen aus«, sagt er lachend. Und er zeigt auf sich, als sei er von den Zehen bis zu den Haarspitzen voll davon. Deswegen stehen wahrscheinlich die Haare auch so. »Ist das schon lange so?«, frag ich. »Nee, ach lass. Vergiss es. Schaff ich sowieso nicht.« Er starrt an die Decke. Die Musik schweigt.

Das Zimmer hat ein großes Fenster, gelbe Gardinen, rechts und links je ein Bett, zwei Schreibtische unter dem Fenster, zwei Schränke. Die eine Hälfte des Zimmers ist von Felix belegt, die andere jetzt wohl von mir. Oder? Ich kann es immer noch nicht glauben. Ja! Mein neues Zuhause! Ich lache bitter auf.

Astrid geht mit mir über den Flur. Da laufen noch andere herum. Sie stellt mir Max vor und dann Sanny. Es durchfährt mich sofort wie ein Blitz. Sanny ist eine Schönheit.

Tine. Kevin. Blass. Mürrisch. Jonas kommt aus der Dusche.

Alles macht einen sehr freundlichen Eindruck, genau wie das total bunt angestrichene Gebäude, in dem diese ganze Station untergebracht ist.

Astrid zeigt mir alles, auch draußen. Es ist ein großes, eingezäuntes Gelände. Sogar ein Beachvolleyballfeld haben die, an einer anderen Stelle Basketballkörbe. Hinten, rund gepflastert, ein Grillplatz. Sieht klasse aus.

Selbst Schaukeln gibt es. Was sollen wir mit Schaukeln? Hängematten.

Als wir wieder hereinkommen, zeigt Astrid mir die Küche, die abschließbar ist. Ein Essraum, ein Bastelraum, eine Bücherecke, verschiedene Badezimmer, dazwischen die Patientenzimmer. Klar. »Wir kochen also zusammen?«

»Vielleicht«, sagt Astrid. »Wenn ihr könnt.«

Mir schwirrt der Kopf vor lauter neuen Eindrücken. Es sieht alles sehr freundlich aus. Allerdings scheinen ein paar, die über den Flur ziehen, nicht so freundlich zu sein. Da erzählt mir Felix: »Das sind unsere Junkies. Die behandeln jeden so schräg. Mach dir nichts draus. Aber provozier die nicht, sonst geht's dir schlecht.« Hab ich mir gemerkt.

Felix hat dann doch Lust, ein bisschen mit mir herumzugehen. Er zeigt mir die Kletterwand. Und erklärt mir, dass es hier einen ganz streng geregelten Tagesablauf gibt.

Dass man zusammen die Station putzt, dass es für fast alles feste, für alle verbindliche Zeiten gibt.

Er meint: »Jetzt beginnt erst mal deine erste Phase. Harte Sache, ich sag's dir. Und die zweite Phase«, sagt er, »ist richtig streng. Davor hab ich echt Schiss. Aber bringt was.«

»Hoffen wir's«, sag ich.

Es ist dunkel, ich liege in meinem Bett und starre an die Decke. Ich höre Felix' regelmäßige Atemzüge. Hoffentlich fängt der nicht an zu schnarchen. Ich bin es nicht gewohnt, mit jemandem in einem Zimmer zu schlafen.

Astrid ist gekommen und hat meinen Puls und meinen Blutdruck gemessen.

»Wegen des Entzugs«, meinte sie. »Wenn es dir schlecht geht, melde dich. Dann bekommst du Medikamente. Und zwar sofort melden. Nicht erst lange warten!«

Die denken immer noch, dass ich voll auf Alkohol bin. Na ja, sollen sie doch.

Irgendwann bin ich eingeschlafen. Die hatten vorher meine kompletten Sachen durchsucht und mich sogar sorgfältig abgetastet, damit ich keine Drogen oder irgendwas anderes Gefährliches mitbringe. Meine Nagelschere musste ich abgeben, sogar die Zahnpasta haben sie kontrolliert, und die CD-Hüllen. Ich hab geschlafen wie ein Stein, bis ein Betreuer ins Zimmer kam und uns geweckt hat.

Felix, der eben noch so ruhig wie ein Komapatient geschlafen hat, springt hektisch aus dem Bett.

»Morgen«, grummelt er und rennt mit Duschzeug ins Badezimmer. Was ist denn mit dem los? Nach zehn Minuten steht er frisch geduscht und gekämmt vor seinem Schrank und zieht sich an. »Beeilung!«, ruft er mir zu.

»Was machst du denn für einen Stress?«, frage ich noch halb im Schlaf.

Felix schaut mich streng an: »Wenn wir nicht alle um Punkt halb acht gewaschen und angezogen vor dem Stationszimmer stehen, dann bekommt keiner Zigaretten.«

»Ich rauche nicht«, antworte ich und zieh mir die Decke über den Kopf.

Da zieht mir doch der Typ die Decke weg und schreit: »Ich hab KEINER gesagt. Und das heißt: ALLE. Und wenn du es dir nicht gleich am ersten Tag mit allen verderben willst, dann komm jetzt sofort mit. Kapiert?«

Der kann ja richtig zickig werden. Ist mir doch egal, ob die ihre Kippen kriegen oder nicht. Aber am ersten Tag sich gleich mit allen anlegen, ist auch blöd.

»Beweg dich«, fährt Felix mich an.

Wir sind die Letzten, die schließlich am Stationszimmer ankommen. Gerade noch rechtzeitig. Neun andere stehen schon da und warten ungeduldig auf ihre Zigaretten.

Eine Woche Entzug ist die Hölle. Zittern, Gier auf Alk, Alk, Alk. Wo ist das Zeug?! Beschafft mir was! Dröhnender Kopf, unendliche Übelkeit, Gekotze. Schweiß und Druck. Suchtdruck.

Ich schreie durch den ganzen Flur: »Ich gebe auf!«

Aber Astrid kommt, klopft mir auf die Schulter, sagt: »Du schaffst das.« Sie schlägt mir vor, spazieren zu gehen. Ich will nicht. Ich würde jetzt gerne ein Bier haben. Da kotz ich wieder. Ich schaffe es noch gerade zur Toilette. Hinten in der Ecke spielt die Pflegerin Birgit mit dreien ein Brettspiel. Max fragt laut, wer mit spazieren gehen wolle. Ich hole mir ein Buch, versuche zu lesen. Geht nicht. Zittern. Mein Kopf macht das nicht mit. Verblöde ich? Ich brauche Stoff. Hilfe! Jetzt ein Bier. Das würde die Kehle herunterrinnen. Easy. Stattdessen schwitz ich hier herum. Astrid kommt ins Zimmer. Manchmal haben die hier komische, aber echt gute Vorschläge: »Willst du baden?« Das tut gut. Das Baden lenkt nicht nur ab. Ich sehe seit langer Zeit meinen Körper wieder an. Die langen schlaksigen Beine, die nicht in die Badewanne passen, die blasse Haut, die Rippen, die herausstehen.

Sanny ist auch auf Entzug. Sie macht ihren dritten, den ersten hier in der Klinik. Sie schaut einen aus ihren großen braunen und traurigen Augen an. Wenn sie dann anfängt zu lächeln, wird mir ganz anders, so schön sieht sie aus.

Ich bin nicht scharf auf sie, aber sie ist eine Schönheit. Und ich muss sie immer wieder angucken.

Und Sanny und ihr echt schlimmer Entzug helfen mir eine ganze Menge. Ich sehe ihre Schweißausbrüche, den kalten Schweiß auf ihrer Stirn, ihre Blässe, ein heftiges Zittern, fast Klappern.

Plötzlich schreit Sanny über den Flur: »Ist mein Dealer noch hinter mir her?« Sie ist in Schweiß gebadet, Angst und Schwäche. Ich muss wieder kotzen. Ich renne in die Toiletten, hänge mich übers Klo. Ich höre Sanny nebenan heulen. Als wir nebeneinander aus den Toiletten kommen, klopf ich ihr auf die Schulter: »Das wird!« Sanny lächelt.

Danach lege ich mich aufs Bett, bin fertig mit der Welt.

Vor dem Entzug haben sie mich gefragt, ob wir in der Familie Krampfanfälle hätten. Ich glaube, Opa hatte welche. Das hab ich auch gesagt. Deswegen bekomme ich mehr Medikamente, weil es gerade im Entzug wohl Krämpfe gibt, bei denen man sich schwere Verletzungen – vor allem durch die Stürze – zuziehen kann. Überhaupt eine ekelige Vorstellung, zuckend und bewusstlos zusammenzubrechen und sich dabei vielleicht auch noch in die Hose zu machen.

Im Flur höre ich Sanny rufen. Ich geh hinaus. Sie faselt, dass überall weiße Mäuse laufen, sie schreit: »Die Wände kommen auf mich zu! Hilfe!«

Ihre Pflegerin, Birgit, nimmt sie an die Hand, nimmt sie mit in ein anderes Zimmer. Wenn Sanny so ruft, erklärt mir ein anderer, kann das der Anfang eines Deliriums sein, und das kann gefährlich werden.

Sanny muss in den Überwachungsraum, direkt neben

dem Schwesternzimmer, weil ein Delir lebensgefährlich ist, wenn es nicht von Fachleuten behandelt wird. Eine schwere körperliche Komplikation des Entzugs. Sanny bekommt Infusionen zum Flüssigkeitsausgleich. Vor allem aber werden ihr die nötigen Medikamente gespritzt. Als sie laut herumschreit, aufspringen und ihre Infusionen herausreißen will, wird sie im Bett angeschnallt. Bis sie sich beruhigt hat und sich nicht mehr wehtun kann. Sie schreit, sie sieht Mäuse, »die Wände, die Wände ...!!« Dann wird Sanny langsam leise. Ich höre nichts mehr, luge durch die Tür, als Birgit reingeht. Die Fixierung, die Anschnallgurte, werden abgemacht. Sanny scheint jetzt ruhig zu schlafen. Die Schwestern gucken ständig nach ihr, passen echt gut auf.

Ich habe Mitleid, Wut, alles. Ich renne im Flur auf und ab, bis Max mich anspricht. Ich erzähle ihm von Sanny. Er beruhigt mich. Als ich noch einmal bei Sanny hineinschaue, messen sie gerade ihren Blutdruck. Max erklärt mir: »Wenn ein Delir richtig behandelt wird, ist es nicht so gefährlich. Das geht gut«, sagt er. »Doch jetzt konzentriere dich erst mal wieder auf dich. Du willst doch vom Alkohol loskommen, deswegen bist du hier.«

Ich bin hier. Klar. Ich hab wie Sanny Alkohol geschluckt. Und sie noch ein bisschen mehr dazu. Ich lache: viel mehr. Wieder wird mein Blutdruck gemessen. Er ist hoch. Sehr hoch. Ich nehme wieder Medikamente. Ich zittere wie Espenlaub. Jetzt verstehe ich den Ausdruck endlich, obwohl ich nicht weiß, was Espenlaub ist. Ich gehe mit Max spazieren. Der Wind ist scharf, meine Augen tränen.

»Schau mal, die Wolken«, sagt Max. Ein Wolkenturm

ballt sich direkt über uns – hoch hinauf. Mittendrin eine rosa Wolke. Die durchschimmernde Sonne.

»Mir wird schlecht«, stöhne ich. Max fasst mich am Arm. »Noch ein bisschen viel heute.«

Ich liege auf meinem Bett. Nachmittag. Die Pfleger hatten gerade ihre Übergabe. So nennen sie das Gespräch zwischen Morgen- und Nachmittagsschicht, in dem alle wichtigen Dinge zu den Patienten besprochen, der Patient damit an einen anderen Pfleger übergeben wird. Mir ist schlecht. Ich schwitze, ich zittere. Ich will etwas spielen. Ich bin einfach zu kaputt. Ich leg mich hin und heule. Felix liegt neben mir in seiner Musik. Ich beneide ihn fast.

Mann, so ein Scheiß. Entzug ist echt heftig. Ist Alkohol so ein giftiges Zeug, dass er all das hier verursacht hat? Warum ist es dann erlaubt, Gift zu verkaufen?

Wir bekommen Medikamente. Dauernd kommt Astrid hereingerannt und misst bei mir Blutdruck. Er war zweimal astronomisch hoch. Mir war schwindelig, der Kopf drückte. Die Schwestern haben extra Dr. Schröder und den Nachtdienst-Arzt angerufen, um die passenden Medikamente zu besprechen.

Wenn es so schlimm wird, will ich immer aufgeben. Wenn ich es dann hinter mir habe, fühle ich mich besser. Aber ich muss viel kotzen, zittern, schwitzen. Wieder einmal raste ich aus, da kommt Astrid zu mir, beruhigt mich, redet ganz ruhig auf mich ein, so als wenn eine Mutter ein Schlaflied singt. Auf einmal muss ich innerlich über mich lachen. Trotzdem. Ich zittere, bebe, bin voller Angst und Mutlosigkeit. Astrids Worte sind die einzige Brücke zu einer Wirklichkeit voller Kraft und Mut. Ich sauge sie auf. Ich krall mich an ihr fest.

Astrid sagt immer: »Du schaffst das.« Und so blöd sich das anhört, aber es gibt wirklich Mut. Manchmal streichelt sie mir über den Arm. Das tut auch gut, obwohl ich auch Angst habe vor Nähe. Aber es ist eine Nähe, die ich gut haben kann.

Ich bade, ich liege auf dem Bett, ich bin sogar eben an der Kletterwand gewesen, ganz vorsichtig. Ich bin ja eher ein Angsthase. Trotzdem hat es Spaß gemacht. Aber ich frage mich, wann die denn endlich anfangen, mich zu therapieren. Doch Therapie gehört wohl nicht zur Entgiftungsphase. In den Augenblicken, in denen ich Kraft habe, will ich alles. Wenn die Kraft mich verlässt, will ich nichts, gar nichts. Fuck!

Ich will Alkohol, Bier, Schnaps! Ich träume davon. Kurze, zackige Träume. Wenn ich wach werde, erschrecke ich fast. Ich will Stoff! Ich rase über den Flur. Renne vor den Junkies weg, knalle die Tür.

»Ist etwas?« Astrid schaut erschrocken in mein Zimmer.

Ich will Stoff! Ich gehe zum Boxsack. Ich renne zum Klo, häng mit dem Kopf in der Kloschüssel. Ich erzähle Astrid, dass ich immer an Alkohol denken muss.

»Ich glaube, das geht allen so«, meint sie. »Langsam werdet ihr lernen, auch mal was nicht sofort zu bekommen.« Sie klopft mir auf die Schulter. »Du schaffst das!«

Und nicht nur das muss ich lernen, sondern auch den Alltag, den ganz normalen Alltag.

Den muss ich lernen!

Dass ich nachts schlafe und die Nacht im Bett verbringe!

Dass ich morgens aufstehe, mich dusche und anziehe.

Dass es einen Wechsel gibt von Tag zu Nacht und wieder zu Tag.

Wie ein Säugling, der im Dunkel des Mutterbauches einfach versorgt wurde, ohne Tag- und Nachtwechsel.

War mein Alkoholkonsum ähnlich? Immer versorgt sein, am besten, ohne etwas zu bemerken? Stumpf, immer weiter?

Quatsch, was spinn ich da herum?

Ich dusche.

Körperpflege lernen
neu
Regelmäßigkeit
langsame Regelmäßigkeit
langweilige Regelmäßigkeit
Der Duft des Deos
mein Körpergeruch
Rasieren?
Rasieren – ja!
Meine strubbeligen Haare
zu lang
Gel
Fratzen ziehen vorm Spiegel
meine weiche Haut
die langen Wimpern
blaue Augen
Ich.

Jetzt hab ich fünf Tage hinter mir. Heute ist der erste Tag, an dem ich mich echt besser fühle. Weniger Schwitzen, Zittern, Kotzen und weniger Medikamente. Aber ich denke immer, immer an Alkohol. Schaff ich das? Mein Kopf scheint gelüftet, alles ist klarer. In einer Woche, wenn alles gut geht, fängt meine Therapie an.

Zur Therapie wird man in einen anderen Teil der Station verlegt. Hier liegen nur welche zur Entgiftung. Therapien sind dann Einzelstunden, Gruppentherapien, die Morgen- und Abendrunde. »Ein geregelter Stundenplan, in den du fest eingebunden bist«, hat mir einer erzählt, der schon mal da war. Ob ich das schaffe? Ich denke andauernd an Alkohol. Ich lenke mich ab. Die lenken mich ab. Ich schaffe das. Ich will abhauen. Dabei geht es mir besser. Reiß dich zusammen!

Sanny geht es besser. Ich treffe sie bei einem Spiel. Sie gewinnt. Wir lachen.

Meine Leberwerte sind leicht erhöht. Ich muss einen Gedächtnistest machen. Alk vergiftet nämlich nicht nur die Leber, sondern raubt dir auch dein Gedächtnis und deine Intelligenz. Scheißgift. Einer war hier, der hat sich nach einer Woche immer noch verirrt. Mit siebzehn Jahren.

»Ich glaube, du hast noch mal Glück gehabt«, meint Dr. Schröder.

Eigentlich hab ich keine Lust auf Therapie, dieses Herumgerede. Dann muss ich all meine Gefühle in Worte fassen, das bin ich nicht gewohnt. Wer hat sich denn bisher für meine Gefühle interessiert?

Probleme beiseite, die Therapie beginnt erst in drei Tagen. Das hab ich hier schon gelernt. Jetzt ist jetzt! Und jetzt werden die Schwierigkeiten dieses Moments angepackt.

Die komischen Gestalten, echt crazy, machen mir immer wieder mal zu schaffen. Die sehen echt fertig aus. Die stehen da! Lassen die mich vorbei? Wenn ich die sehe, fühle ich mich fremd, habe Beklemmungen! Wörtlich! Das sind die Junkies, wie ich sie für mich nenne. Sie heißen Anna, Chris, Jens und Pepe. Die traktieren einen jeden Tag. Dumme Sprüche, boxen, ein bisschen an die Wand drängen, ein bisschen beschimpfen. Junkies!

»Streber, Weichei, Penner ...«, das kommt jeden Tag, wenn ich nur vorbeigehe. Was habe ich denen getan? Und wenn ich in den Gemeinschaftsraum komme, gehen sie demonstrativ sofort woanders hin.

»Das machen die mit Neuen immer«, meint Felix. Felix ist echt in Ordnung. Der erklärt mir hier die Welt. Er schnäuzt aber gerade zum zwanzigsten Mal in sein Taschentuch, obwohl er keinen Schnupfen hat. Jeder trägt hier sein Päckchen.

Ich fühle mich durch die Junkies unwohl.

Als Astrid das wieder mal mitbekommt, meint sie, die vier seien nur neidisch, dass ich meinen Entzug so gut meistere. Das würden lange nicht alle hinkriegen, so wie ich. Ich freu mich über das Lob, ich will auch schnell wieder hier raus. Aber ich hab's noch nicht hinter mir. Alkohol! Ich will Alkohol!

Und in meinem Kopf schwirrt immer noch die Möglichkeit: Wenn es mir zu blöd wird, dann hau ich eh über den Zaun ab.

Gleichzeitig weiß ich: Einmal weg, einmal abgehauen

heißt, für immer weg. Dann hat man keine Chance mehr. Man soll sich Hilfe holen, wenn man den Druck bekommt. Verflucht, schon wieder. Immer soll man alles selber machen. Wie bei Mama. Melde Dich. Sehr praktisch. Damit sind alle fein raus! Ich will aber mal umsorgt werden. Ich will, dass mal einer ohne Melden merkt, wie es mir geht! Der Schwachpunkt in meinem Leben: Hilfe holen. Sollte Pflichtfach werden: Hilfe holen. Ich kichere. Natürlich sagt man, wenn man sich Hilfe holt: Ich kann nicht mehr. Ich bin schwach. Ich bin ein Schwächling. Das ist es doch: Schwächling! Das wollte ich nicht auf mir sitzen lassen. Hilfe holen ist auch für starke Jungs wichtig. Jeder hat solche Momente. Auch starke Mädchen!

Und beim Hilfeholen ist noch etwas: Man muss die Dinge benennen. »Ich brauche dies …«, »Ich kann nicht mehr, weil …«, »Bei mir ist …« Das bezeichnen viele als Gelaber und trotzdem ist es das einzig »Scharfe« in diesen Situationen. Und nur so kann der andere reagieren und wirklich helfen. Bisher habe ich nichts scharf benannt. Ich habe mich gedrückt. Habe niemandem was erzählt. Ich habe Alkohol gekippt. Das macht high, das ließ alles verschwimmen, wegschwimmen. Doch so löst man keine Probleme!

Ich will Alkohol. Ich gehe spielen. Brettspiele. Wer hätte das gedacht. Aber: Ich find das gar nicht übel! Jetzt geh ich schon selbst, ohne aufgefordert zu werden. Fortschritt! Ich will Alkohol. Aber ich werde nicht abbrechen. Ich höre mit Felix Musik.

Der Zaun um das Gelände, das hab ich mir schon genau angesehen, ist eh nur ein Sichtschutz. Da kann man ganz einfach rüber. Aber ich hau nicht ab.

Am Ende der ersten sechs Tage denke ich zum ersten Mal wieder richtig an Hanna. Was die wohl von mir gedacht hat, als ich da mit Marco und Nico ins Telefon gelallt habe? Ich mag Hanna.

Und auf einmal merk ich auch, dass ich wieder leben will. Ich will einen Schulabschluss machen. Auf jeden Fall!

Doch dann wisch ich alles wieder zur Seite: Mensch, du bist im Alkoholentzug. Du gehörst zu den letzten Menschen. Den Losern. Den Pennern. Ganz unten.

Astrid sieht meine wütenden Tränen. Sie setzt sich neben mich und streicht sanft über meinen Arm. Dann redet sie mit mir, baut mich wieder auf.

Die anderen Pfleger sind auch total in Ordnung. Doch die haben hier klare Vorstellungen. Es gibt Grenzen und Regeln. Sieben Uhr aufstehen, halb acht vor dem Zimmer stehen ist selbstverständlich. Und auch der Tag ist durchstrukturiert: Frühstück zu einer bestimmten Zeit, nach Möglichkeit gemeinsames Mittagessen, Abendessen. Da gibt es kein Wenn und Aber. Aber es tut auch gut. Man weiß wenigstens, wohin man wann gehört. Nicht mal eben an den Kühlschrank gehen, sich was herausnehmen und danach satt sein. Nein, antreten zum Essen, da sein, sich mit den anderen unterhalten, ein paar Nettigkeiten oder Blödigkeiten austauschen. Ich merk, das tut gut.

Essen, was auf den Tisch kommt.

Felix musste in ein anderes Zimmer. Der hat seinen Entzug hinter sich, macht jetzt die Therapie. Wäre schön, wenn ich später wieder mit ihm auf einem Zimmer wäre. Ich bin total unsicher. Und einen Tag lang denke ich wieder ans Aufgeben. Ich will Alkohol.

Mist! Ich will weitermachen!

Jetzt ist ein Neuer auf meinem Zimmer. Der betet ständig. Lange Litaneien. Laut und im Schlaf: »Herr, erbarme dich! Christus, erbarme dich! Herr ...«

Das hältst du im Kopf nicht aus! Und das jetzt immer? Er leiert ...

Plötzlich schreckt er hoch: »Was hab ich wieder gesagt?« Ich erzähle es ihm, fühle Wut und Sympathie. Er murmelt eine Entschuldigung, schläft eine Weile: »Herr, erbarme dich ...«

Ich renne in den Flur. Der spinnt doch. Ich beschwer mich. Der ist auf Drogen und war in einer Sekte.

Himmelherrgott! Ich geh zurück ins Zimmer.

Ich setze mich aufrecht ins Bett. Ich warte auf die nächste Litanei. Ich lausche. Die Sprüche lullen mich ein. Ich spreche leise mit. Ich werde ruhig.

Da springt er auf. »Los!«, schreit er, boxt in die Luft. Er fühlt sich gut. Fast am besten von allen. Er wirft Musik an. Er singt. Er schweigt. Er heißt Anton.

Und dann kommt eine neue Attacke. Zittern, rennen. Ich will hier raus.

»Beschafft mir Alkohol!«, schrei ich über den Flur. Ich trete gegen den Schrank. Ich nehme den Stuhl und hau ihn über den Tisch.

»Alkohol!«, schrei ich. Lars und Max, die beiden Pfleger, halten mich sanft, aber sehr bestimmt am Arm fest: »Keine Gewalt.« Ich habe Herzklopfen, Herzrasen. So aufgeregt bin ich. Max setzt sich zu mir. Ich hau gegen die Wände. Ich krieg den Boxsack. Ich boxe. Ich schreie. Max ist fast stumm dabei.

»Ich will hier raus!« Plötzlich wieder der Schweiß, kalt über den Rücken. Zusammenbrechen.

Später: Alles sieht wieder normal aus, als hätte ich es hinter mir.

Astrid kümmert sich jetzt um mich.

»Jetzt hast du's wirklich bald hinter dir«, sagt sie fest und freundlich.

Sie muss es ja wissen.

Und doch: Ich hab es jetzt erst vor mir. Die Therapie. Ich habe Angst. Gehirnwäsche. Reden. Ich hasse das Gelaber. Nein, ich will ehrlich sein. Ich habe Angst davor. Angst total. Die Angst kriecht über meine Haut, die Angst schleicht im Zimmer umher, durchzieht meine Träume. Ich schreie. Die Nachtschwester sitzt ruhig bei mir: Du schaffst das. Du hast schon so viel geschafft.«

Anton kotzt.

Dann ist es so weit. Die Therapiephase beginnt. Ich packe meine Sachen und ziehe wieder um. Was mich jetzt wohl erwartet?

Leider bin ich nicht wieder mit Felix in einem Zimmer.

Die ersten Therapiestunden. Erklären. Erklären. Was wollen die?

»Wir müssen uns kennenlernen«, sagt Dr. Schröder.

»Du hast schon eine Menge geschafft.«

»Du kannst stolz sein.«

»Wie war dein Alltag? Magst du erzählen?«

Langsam tasten wir uns heran. Mein Alltag war öde, leer. Das erkenne ich jetzt. Vor allem am Schluss. Kaum mehr Freunde. Hanna war immerhin noch manchmal da. Die

Nachmittage: lange Flächen von Öde, Leere, die ich durch Saufen in Farbe zu tauchen versuchte.

Angst und Wut. Ich will nicht. Dann will ich doch.

Dr. Schröder hört richtig zu. Das hab ich selten erlebt. Rückfragen.

»Genauer. Genauer.«

Ich erzähle sogar von Opa. Dabei heule ich. Er reicht mir ein Taschentuch. Kein Kommentar. Weinen ist erlaubt.

Ich erzähle einen Traum, den ich immer wieder hatte. »Ich renne eine Treppe hinunter und die Treppe hört nie auf. Meine Beine werden lahm. Ich sehe das Ende, aber ich kann nicht hin.«

Es gibt auch Stunden, in denen ich schweige.

»Ey, was soll der Scheiß?« Ich bin sauer. Trete mit dem Fuß gegen das Tischbein.

Ich fühle mich eingesperrt.

Gehirnwäsche machen die, und der Oberboss Schröder darf bestimmen, was gilt und was nicht. Ich will hier raus!

Doch auf fast geheimnisvolle Art »hält« mich der Tagesablauf. Morgenrunde und Abendrunde. Da kann man reden, muss aber nicht. Pflichten. Aufgaben. Küchendienst und Klodienst. Flur putzen und Tisch abdecken. Mittagszeit ist Ruhezeit. Fast jeder zieht sich in sein Zimmer zurück. Therapiestunden, Gruppen- und Einzeltherapien. Pingelig genau. Pünktlich.

Frühstück, Sport, Klo putzen, essen.

Es klingt lächerlich. Aber das hält mich.

Ich klammer mich an die Klobürste. Ich schrubbe das Klo. Nur etwas tun!

Ich kaue zwei Bleistifte kaputt. Ich werfe den Pinsel in die Ecke.

Ich bin in einer Malgruppe.

Ich kann nicht malen. Wer hat sich diesen Scheiß ausgedacht?

Da setzt sich Sanny neben mich. Mensch, ist die schön. Aber die kann mich mal. Echt!

»Auch mit 'ner Sanny daneben kriegt ihr mich nicht zum Malen, Leute. Ihr könnt mich mal.«

Herr Weiland, der Maltherapeut, sagt dazu nur: »Dann geh doch.«

»Nee, will ich auch nicht«, höre ich mich murmeln.

Sanny malt mit Gelb. Das war mal meine Lieblingsfarbe.

Keine Beziehung! Das ist verboten. Erst muss ich mal selbst Boden unter den Füßen haben.

Ich drehe mich abrupt von Sanny weg. Werd ich das schaffen, auf eigenen Beinen zu stehen?

Das Bild, das ich mir vor ewigen Zeiten mit Papa für mein Zimmer ausgesucht hatte, war knallgelb, sonnengelb, warm und hell.

Aber dann reicht mir einer einen Pinsel. Ich stoße ihn zurück. Ich will nicht. Ich will doch. Ja. Nein.

»Hey, Leute. Was soll der Scheiß? Ihr kriegt mich nicht zum Malen.«

Ich male gelb.

Was bildet ihr euch ein, einfach über mich zu bestimmen? Das kotzt mich voll an. Kapiert?

»Ey, Alter«, murmel ich.

Ich mische Orange in das Gelb hinein. Mein Gelb soll warm sein.

Herr Weiland meint nur grinsend, er heiße immer noch Weiland, nicht Alter.

Ich streich nur so 'n bisschen meinen Pinsel auf einem Blatt vor mir aus. Die anderen malen. Echt! Ich nicht.

Voll die beknackte Gruppe. Was wollen die von mir!

Herr Weiland lässt mich.

Herr Weiland lässt mich kämpfen.

Sanny malt und malt. Dass die sich nicht in ihr Bild legt, ist alles. Voll klasse. Gelb und Gelb und Gelb. Darin zackige bunte Flächen. Stark! Kraftvoll.

Mensch, Sanny.

Ein Strahlen geht über ihr Gesicht. Als sie ihr Blatt anschaut, noch mehr. Als entdecke sie sich gerade selbst.

Ich hab immer noch meinen Pinsel in der Hand.

Ey, was soll der Scheiß?

Ich halte die Hände vors Gesicht.

Ich will auch Sanny nicht sehen. Da zieht die doch einfach an meinen Händen, zieht sie weg von meinem Gesicht.

»Mensch, Flori!«

»Ist was?«, fragt sie später.

»Nee, nichts. Was soll schon sein?«

»Ich dachte nur.«

»Ey, guck mal, mein Bild.«

Sie strahlt. Das Bild ist wirklich gut.

Ich sag ihr: »Sanny, du bist 'ne Malerin. Ich kann nicht malen.« Das rutscht mir so heraus.

»Und das?« Sie zeigt auf mein Schmierblatt.

»Kannste vergessen.«

»Schenkst du es mir?«

Bitte? Schenken? Das Geschmiere?

Ich schiele hin. Gelb. Striche! Striche! Striche! Doch das nimmt Form an. Da ist Struktur! Das hat Kraft!

Schenken? Ich? Das Schmierblatt?

»Nee, lass mal.«

Ich nehme noch ein Blatt und male mit viel Orange. Die beiden Bilder hänge ich nebeneinander über mein Bett.

»Aufgehende Sonne«, sag ich zu Anton.

»Du hast schon Fantasie.« Anton schaut sich die Blätter an. »Die haben was. Man muss ja nicht gleich von Sonne herumquatschen.«

Ich gehe auch bald wieder zur Schule. Schwierig und doch: Meine Schullaufbahn ist ja noch nicht völlig verkorkst. Eigentlich sogar ganz normal. Ich könnte sogar in meine alte Klasse. Aber zeigen die dann nicht alle mit dem Finger auf mich? Nach allem, was passiert ist. Für die bin ich doch ein Alien. Aber erst einmal gehe ich in die Klinikschule. Es klappt. Es interessiert mich sogar.

Viel später in der Gesprächsgruppe.

»Was reden die alle?«

»Ich fühle, ich denke, ich spüre ...«

Merken die denn gar nichts? Das ist doch Selbstverrat.

Die wollen uns nur aushorchen. Die zwingen uns zur eigenen Bloßstellung. Die Fäuste ballen sich in meiner Tasche.

Ich schweige. Sitze am Rand und schweige. Was soll das?

Nein, doch. Was Sanny sagt, geht mir unter die Haut: »Du fängst doch an mit dem Gift, weil du ein Nichts bist. So fühlst du dich doch. Eltern beknackt, Familie peinlich.

Und du? Hey, biste eigentlich da? Da probierst du es aus. Und dann kommt es. Du trinkst, du kiffst, du dröhnst dich zu. Alles ist leichter. Alles ist größer, heller bunter. Besser. Es gibt den Kick. Mehr Licht. Mehr Farben. Mehr spüren. Superscharfe Sinne. Und dafür nimmst du den nächsten Tag in Kauf. Da geht's dir dreckig. Alles ist voll beknackt. Und der Blick verengt sich wieder.« Schön, wie Sanny das so beschreibt. »Und dann brauchst du immer mehr. Kannst gar nicht mehr ohne, weil nichts mehr von dir übrig geblieben ist.« Sanny seufzt. Streicht sich die Haare aus dem Gesicht. Schaut uns offen an. Mutig.

»Ich glaube«, sagt Sanny, »am Schluss steht nur noch das Zusammenfallen. Und dann brauchst du schon Stoff, um dich vorm totalen Zusammenbruch zu retten. Visionen gibt's nicht mehr. Dann bist du unten. Richtig unten.«

Stimmt, Sanny. Ich starre sie an. Aber warum höre ich bei diesem Scheiß eigentlich zu?

Aber hat sie nicht recht?

Und jeden Tag aufs Neue: Alltag. Frühstück. Morgenrunde. Schule. Pflichten. Gespräche. Therapie. Spaziergänge. Malen. Abendrunde. Alles prallvoll. Alles geplant. Alles strukturiert. Ich genieße es. Ich weiß, wohin mein Tag läuft. Die Tage geben mir Halt.

Gruppensitzungen.

»Erzählt mal.«

»Ich fühle mich beschissen!«

Danach wieder Schweigen.

Eigentlich ist es Sannys Blick, der mich erlöst.

Sanny sieht mich an. Lange.

»Glotz nicht so.« Sanny sieht durch mich durch. Stimmt nicht. Die sieht in meine Augen. Nein. Ja. Sanny will mit mir sprechen.

Sanny erzählt, wie es ihr ergangen ist: »Ich glaub, die Einsamkeit sitzt hier allen im Nacken.« Sanny ist ein Genie. Das Genie der Untergegangenen.

Sanny erzählt. Sie sprudelt, stoppt, schaut mich an. Ihre Augen ruhen auf mir.

Sannys Nase spannt sich, der Mund formt Worte.

Auf einmal sehe ich nur noch ihr Gesicht: ihre dunkle Haut, die schwarzen dicken Haare, dunkle große Augen. Tief wie ein See. Schwarz wie Kohle. Sanny!

Nun red doch weiter! – Wir warten!

Wir hängen an ihren Lippen. Sanny spielt. Sanny spielt mit uns. Das ist Theater. Wir die Sanny-Zuschauer.

»Booh!«, sagt Felix plötzlich mitten hinein. Sein Staunen, seine Bewunderung.

Danach Schweigen.

Ein Schweigeloch. Wir fallen hinein.

»Wie geht es euch damit?«

Diese beschissene therapeutische Frage. Immer noch Wut und Ablehnung.

Und Schweigen.

Aber Sanny erlöst uns ganz einfach: »Mir geht es jetzt gut, richtig gut.«

Als wenn das so einfach wäre. Mensch, Sanny!

Sanny tänzelt über den Flur. Felix malt. Max und Tine spielen ein Spiel.

Ich habe wieder meine Unruhe.

Ich renne in den Garten. Einfach die Arme in die Luft strecken, einatmen.

Ich merke, es muss nichts Großartiges sein, um sich zu entspannen. Einfach nur atmen. Nur da sein. Sehen. Die Wolken ballen sich heute wieder. Doch die Sonne blitzt frecher. Kahle Zweige tanzen im Wind. Beugen sich, stehen wieder auf!

Ich nehme ein dunkelrotes, schwarzes Ahornblatt. Reste vom letzten Herbst. Ich halte es gegen die Sonne. Die zarten Adern. Schwärze. Das Blatt stirbt.

Ein Kaninchen am Rand der Wiese. Es hoppelt so unbeholfen. Da sehe ich, dass ihm eine Pfote fehlt. Es hockt und frisst. Auch als ich mich nähere, bleibt es seelenruhig dort hocken. Einen Augenblick denke ich an Opas weißes Kaninchen. Opas Zauberkaninchen: Die Welt im Taschenformat. Das wäre praktisch. Vielleicht sogar eine Welt zum Kneten. Aber das ist nicht die wirkliche Welt. Das war Opas Zauberwelt. Und solange Opa noch lebte, gab es daneben eine richtige.

Ich habe noch Angst vor der Welt. Ich springe hoch.

Komm, Florian: Jetzt ist jetzt.

Ich geh wieder in die Hocke. Doch die Angst kommt schon wieder angekrochen. Schwer und schwarz. Dabei fällt mir immer ein Satz ein, der mich in einem Gedicht mal tief beeindruckt hat: »In der Welt habt ihr Angst.«

Auch Woyzeck hatte Angst. Angst ist wie ein Grauschleier über dem Leben. Manchmal schwarze Flecken. Ich geb mir einen Ruck. Ich schaue mich genau um. Ich buchstabiere mein Jetzt. Meine Umgebung: »Da ist die Wiese, da der Baum. Das Ahornblatt in meiner Hand. Die drohenden Wolken, die Sonne, der Strahl. Auf meiner Hand.«

Ich lebe.

Der Gong ertönt. Mittagessen.

»Tschüs, Garten.« Ich lächle. Das Abc der einfachen Dinge. Ich kann es. Ich pfeife und renne ins Haus.

Ich mache Fortschritte.

Und doch: Ich denke an Alkohol. Alles war so easy. Alles war so schwer.

Ich gehe regelmäßig zur Klinikschule. Das macht sogar Spaß! Ich merke irgendwie, dass mein Kopf noch funktioniert und sich freut, mal wieder was zum Denken und Knobeln zu haben. Echt cool. Ich bin noch richtig gut dran. Ich brauchte für die Schule keine Sonderanträge stellen. Bei den meisten hier ist das so. Manche haben ein oder sogar zwei Jahre geschwänzt, sind sitzen geblieben, haben richtig Stress. Da haben mir meine Eltern geholfen: Papa hat mich dann doch noch oft geschickt. Und Mama – das erfahre ich erst jetzt – hat die rechtliche Seite mit Herrn Liebich von Anfang an klar besprochen. Für einen Augenblick bewundere ich meine Eltern trotz des Mistes, den sie gemacht haben.

Anton ist übrigens inzwischen wieder bei mir im Zimmer gelandet. Nach der Entgiftung die nächste Therapiestufe auch für ihn. Felix, meinen ersten Zimmergenossen, sehe ich auch öfter.

Anton geht oft mit mir mit. Anton malt viel. Anton ist ein prima Kerl. Er leiert seine Litaneien noch in fast jeder

Nacht. Er hat mir erklärt: Sie mussten beten und beten. Gebete sprechen, leiern. Bis sie sich wie Bandwürmer durch das Hirn zogen. Ich mag Anton, auch wenn das nachts noch stört.

Da bringt er mir doch eine Leinwand mit. Ich nehme den Pinsel. Ich tauche ihn in kräftige Farben.

Ich pinsele, ich forme, die Zunge zwischen den Lippen.

Ich trete zurück. Ein kritischer Blick.

Perfekt!

Hanna besucht mich zum ersten Mal. Natürlich gab es vorher lange Anträge. Ich wollte. Sie wollte auch. Meine Eltern mussten ihren Besuch genehmigen. Sie haben natürlich erst mich gefragt. Endloses Hin und Her. Hanna hatte mir ein paarmal geschrieben. Und heute kommt sie endlich! Ich habe Herzklopfen. Total!

Sie muss mir etwas erzählen. Sie haben in Reli einen Aufsatz von einer Philosophin durchgenommen, Hannah Arendt.

»In dem Aufsatz«, erzählt sie, »hat Hannah Arendt erklärt, dass Menschen, die in einer Tyrannei aufwachsen, von Furcht und Misstrauen bestimmt sind; dagegen seien die, die in einer Republik leben, von Freude bestimmt, von Gleichheit, denn sie leben in dem Gefühl, nicht allein zu sein.

Die Menschen aus einer Tyrannei leben in einem Gefühl der Verlassenheit, das durch Terror erzeugt wird. Der Terror zerstört die Bindung der Menschen untereinander und er zerstört auch«, erklärt Hanna, »die Bindung des Einzelnen an sich selbst, an sein Ich. Der Mensch ist nicht mehr bei sich, in sich drin. Das heißt, er verlässt sogar sich selbst. Und dann ist er total verlassen. Und diese Verlassenen, die fallen Ideologien und Süchten zum Opfer.«

»Was sind Ideologien?«, frage ich. Was Sucht ist, vor allem Alkoholsucht, weiß ich ja genau.

Hanna überlegt. »Wie hat Herr Liebich das erklärt?« Sie überlegt, »Herr Liebich hat gesagt, Ideologien sind Ideenbündel, die versuchen, die Welt zu erklären. Und diese Theorien, diese Welterklärungen, sind dann für alle in der Tyrannei verbindlich. Alle müssen gleich denken. Und so zwingen die Ideologien die Menschen, die denken, durch Terror, alle das Gleiche zu denken.«

»Und die Sucht?«, frage ich und beantworte meine Frage sofort selbst. »Da die Welt groß, verschachtelt, vielfältig ist, sind viele überfordert. Das Weltbild der Eltern ist längst verloren. Aber ein eigenes, neues – das hat man noch nicht.«

Schwer. Schwer. Aber es ist eine Sehnsucht da, ein unbestimmtes Wabern, das die Frage immer weitertreibt. Wohin soll ich? Wo bin ich? Wer bin ich?

Fragen und keine Antworten. Und keiner hat Zeit. Da beginnt man, sich zu betäuben. Und Spaß haben kommt dazu. Erst wenig, ein bisschen, manchmal. Dann viel Spaß haben. Trinken. Es ist alles so easy. Mehr, mehr! Licht, Farben, die Welt in Wellen. Und dann der Kollaps, Filmriss – und das wiederholt sich am Schluss täglich. Das Rumhängen, die Langeweile, das Trinken.«

»Und dabei sind sie noch mehr verlassen«, sagt Hanna. Dazu nickt sie. Hanna zögert: »Ich habe dir das deswegen erzählt, weil ich denke, das ist ja auch etwas, was mit dir passiert ist. Du warst verlassen. Aber nicht durch ein Terrorsystem.«

»Doch«, sage ich. »Eigentlich schon.«

»Leben wir etwa in einer Tyrannei?« Hanna lacht.

»In gewisser Weise ja«, sage ich. »Der Terror heißt zum Beispiel in diesem Fall: Gut drauf sein. Immer gut sein. Cool sein. Gar nicht bei sich sein. Man ist verlassen. Dann ist man besonders anfällig.« Ich schaue Hanna an. »Und man verlässt sich dabei selbst«, füge ich hinzu.

Hanna macht weiter: »Dabei merkt keiner, dass man plötzlich auf den Abgrund zusteuert.«

Hanna ist nachdenklich geworden. »Du hast recht«, sagt sie. »Ich habe mir sofort gedacht, dass das Verlassensein auch auf dich zutraf. Deswegen musste ich auch so schnell wie möglich zu dir kommen mit dem Aufsatz. Ich glaube, viele haben nachgedacht.« Sie zieht einen verknubbelten Zettel aus der Tasche. Darauf hat sie sich Notizen gemacht für den Notfall. Wenn sie die Gedanken nicht zusammenbekäme.

»Aber du hast ja alles gesagt«, meine ich und denke noch einmal darüber nach.

»Du hast es gesagt.« Hanna zwinkert mir zu. Ihre Nase kräuselt sich leicht, die langen Haare …

»Der Mensch verlässt sich selbst, um endlich nicht mehr verlassen zu sein. Dazugehören ist alles! In sein! Und damit ist man wirklich verlassen und wird nie man selbst.«

»Maske statt Mann.« Ich lache. Und ich merke, dass ich auf dem Weg bin, meine Maske abzusetzen. Mann werden!

Ich seufze.

Wir gehen draußen spazieren. Der Wind fährt uns durch die Haare und durch die Köpfe. Wir rennen. Wir laufen auf den kleinen Hügel. Von dort aus sehen wir unser blaues Haus. Die Villa. Unser flaches Haus, hellblau angemalt mit bunt umrahmten Fenstern.

Als wir zurückrennen, kommt starker Wind auf und pustet uns durch die Haare. Ich gebe Hanna die Hand. Wir rennen zusammen bis zur bunten Tür.

Als Hanna geht, bringe ich sie zum Ausgang. Nehme sie kurz in den Arm und schaue ihr nach. Wehmütig, froh und ein bisschen traurig zugleich.

Als ich mich umdrehe und den langen Gang zum Gruppenraum zurückgehe, kommt mir Sanny entgegen. Sie steht fauchend in der Tür.

Spuckt Gift und Galle.

»Ich bin eifersüchtig«, schreit sie. »Mensch, Flori, rühr die nie wieder an!«

Ich beruhige sie: »Hanna ist meine Sandkastenfreundin.« Dabei ertappe ich mich schon wieder beim Lügen. Und das will ich nicht mehr. Doch ich will Sanny auch nicht verletzen. Aber sie ist schon verletzt. Die hat ein genaues Gespür.

Ich hätte gerade fliegen können! Auf den Mond und einmal zurück! Das ist jetzt weg.

Sanny wischt die ganze Freude mit einer Handbewegung aus. »Du rührst sie nicht mehr an!« Sanny hat Kraft.

Ich ducke mich. Ich mag Sanny, ich mag Hanna, ich mag beide. Warum kann ich nicht beide mögen? Einfach als Freundinnen, Kumpel?

Ich renne raus, will joggen. Es regnet in Strömen. Ich komme pitschnass zurück, werfe mich in die Badewanne.

»Mensch, Florian, freu dich doch«, sag ich laut zu mir selbst.

Aber die Freude ist ausgetreten.

Inzwischen kann ich mit Dr. Schröder gut reden. Ich rede auch über Sanny, Hanna und Anton. »Sie sind alle wichtig für mich«, murmle ich. Und auf einmal strahle ich: »Das Wichtigste ist wohl, dass ich wieder laufen kann. Ich will wieder leben, ich, Florian!«

Dr. Schröder klopft mir auf die Schulter.

Sanny kommt auf einem Lichtstrahl angeschwommen. Ich träume.

»Das Gelb in deinen Bildern«, schwärmt sie. Sie umkreist mich, umgarnt mich.

Ich schwimme. Ich suche ein Rettungsboot, Hilfe! Sanny wirft einen Schwimmring aus. Ich greife ihn, zappele und zittere. Sanny packt zu.

Sie küsst mich mitten auf den Mund, direkt vor meinem Bild. Die Leinwand wackelt. Keiner hat was gemerkt. Wirklich? Mein Mund brennt.

»Du siehst so süß aus!«, flüstert Sanny.

Na ja, abgewrackte Alkoholleiche. Die Haare sind vielleicht das Einzige, was unbelastet geblieben ist. Sie stehen weiter wild um meinen Kopf. Mein schmales Gesicht. Die Augen wie Seen, kitschig fast. Dagegen Sannys Augen wie Kohlen. Voller Glut.

Sanny will mich packen.

»Jetzt ist es gut«, sagt der Maltherapeut.

Ich male noch den glutroten Mund, der schwebt durch den Himmel, mein langer schlaksiger Körper, Sannys Brüste, die unter ihrem T-Shirt wogen, ich mische Blau hinein. Gelb und Blau werden Grün. Eine neue Farbe in meinem Leben. Eine für den Grund, eine zum Draufstehen. Ich trete zurück, betrachte mein Bild.

»Fertig«, sage ich.

Ich hänge die Leinwand über mein Bett. Der feste Grund zum Stehen hat es mir angetan. Ich springe auf den Boden, ich stehe, ich federe. Ein gutes Gefühl.

Und ein Mund schwebt oben.

Sannys Mund. Hanna ruft. Hanna, blond und lang, geistert durch meine Träume.

Sanny, dunkel und nah, geistert durch meinen Tag.

Ich mag sie. Ich mag sie. Aber wen? Ich will nicht mehr lügen.

Sanny. Hanna.

Hanna. Sanny.

Ich bin in einer Klettergruppe. Eigentlich bin ich dazu viel zu feige. Aber ich schaffe es langsam. Du gewöhnst dich auch langsam daran, in den Abgrund zu schauen und doch nicht zu stürzen.

Basketball. Ich bin Anfänger. Anton ist perfekt. Ich übe für mich an dem Korb im Hof. Anton kommt, gibt mir Tipps und viele Gespräche abends, wenn wir nicht schlafen können.

Meine Eltern kommen zu ersten Gesprächen. Elterngespräche.

Meine Mutter. Fast schüchtern. Mein Vater neben ihr. Für die beiden ist das auch ungewohnt. Sie leben ja nicht mehr zusammen.

Trotzdem kommen sie zusammen: Ich bin ihr Sohn. Fast fühle ich Stolz. Zufriedenheit. Ich habe Eltern, die mich mögen, verlässliche Eltern.

Ihnen stockt der Atem, als ich von meiner Einsamkeit erzähle.

»Warum?«, frage ich. Das Warum war mir nie bewusst. Oder begann ich es langsam zu ahnen? Zu wissen?

Warum musste ich zu Hause bleiben, während ihr zu euren Arbeitsplätzen geeilt seid? Warum habt ihr euch nie gefragt: Fühlt sich das Kind allein?

Warum habt ihr nie auf Opa gehört, der sagte: »So geht das nicht. Ein Kind ist kein Fernsehapparat, den man anstellt, wenn man mal Zeit hat!« Das hatte Opa echt gesagt. Da haben sie ihn für total bekloppt erklärt!

Warum brauchten wir das große Haus, in dem ich einsam herumlief? Das habe ich nie gewusst. Nie verstanden: Warum?

Warum wurde Frau Dubeck abbestellt? Weil ich mit dreizehn für euch groß war? Brauchen Große keine anderen Menschen mehr? Aber ihr jagtet durch die Gegend und suchtet euch Menschen in euren beruflichen Gesprächen.

Warum gingt ihr abends aus und mir sagtet ihr: Schlaf! Und wenn ich aufsprang und Angst hatte, habt ihr gemeckert, weil ihr zu müde wart. Dabei habt ihr meine Angst weggewischt. Aber sie brodelte weiter, war groß und wuchs. Warum war ich allein, wenn in der Schule Schulfest war, eine Aufführung oder Nikolaus?

»Du bist groß«, habt ihr gesagt. Groß und voller Angst. Ist das das Leben?

Ihr habt eure Karrieren gebaut. Und das Haus. Die Kanzlei. Die Seminare. Ich blieb immer zurück.

Ihr begrubt eure Lebensangst in erlaubten Aktivitäten. Ich begrub sie in Alkohol.

Bis ihr zerfielt und ich zerfiel.

War das der Anfang unseres Endes? Oder das Ende, an dem wir jetzt anfangen?

»Du bist ein Sprachkünstler«, sagte Mama.

»Das Ende, an dem wir jetzt anfangen«, sagte Papa. Das war der Anfang unserer Gespräche.

Hanna schickt mir Grüße. Zart, verhalten. »Hanna«, schreibt sie drunter. Ich schreibe zurück. Suche genauso vorsichtig nach Worten.

Sanny will mit mir malen.

»Ich will mir erst mal selbst gehören. Ich will nicht.«, wehre ich ab. Sie klappt die Ohren zu, schmollt, faucht, ist Drache und eifersüchtiges Burgfräulein.

»Sich selbst gehören – wie geht das?« Die Frage durchkreuzt den Raum, sie hängt an der Lampe und begrüßt mich am Morgen. Sie schleicht in meine Träume, sie drängt Sanny zurück, sie ist ein hell leuchtendes Band an der Wand.

Anton murmelt Teile seiner Gebete:

Herr, erbarme Dich unser!
Christus, erbarme Dich unser!
Herr, erbarme Dich unser!
Christus, erhöre uns!

Die Litaneien schlingen sich um meine Bilder. Sie mischen sich mit dem Grün des Grundes. Sie geben Form ab und Hintergrund und Halt. Antons Halt?

Anton war immer in Heimen. Ist ausgerissen. Ist um die ganze Welt gerannt, hat gesucht. Und landete lange in der Mausefalle einer Sekte. Peng! Er entkam unter Lebensgefahr. Die Drogenszene schien ihm lebenswerter. Da landete er, bis er merkte, es war eine Bruchlandung. Er meldete sich sehr schnell bei einer Beratung. Schnell und gezielt. Ich bewundere Anton dafür.

Das, was ihm geblieben ist, sind Verse, Gebete, die er laut im Traum spricht und die die Farben meiner Bilder umgarnen.

Anton hat keine Eltern. Irgendwo, irgendwo. Klar. Aber ich habe Eltern!

Da erkenne ich nach dem dritten Gespräch mit meinen Eltern, welch ein Schatz sie sind. Mein Papa. Eine Flut von zärtlicher Liebe, die schnell wieder weggedrückt wird von den Haken und Ösen unseres früheren Zusammenlebens. Trotzdem. Ich schaue mir sogar das Gesicht meiner Mutter an. Es ist heller auf einmal. Und meine blauen Augen mittendrin. Mama. Ich bekomme eine Ecke zu packen.

Ich erzähle ihr von Opa. Sie hört zu. Opa war ihr Vater. Und auf einmal zieht Opas Traurigkeit durch Mamas Gesicht. Sie sucht ihre Melodie. Sie sucht immer noch.

Ich auch.

Sanny ist nicht mehr da. Kein Gelb mehr in der Maltherapie. Stattdessen mischt sich das Grün des Grundes mit Braun. Ein fester Boden wächst.

Ich stehe. Ich stehe!

Sanny ist abgehauen. Oder hat ihr Dealer sie geholt? Sie hat davon gesprochen. Er war hinter ihr her. Sagte sie zumindest. Hirngespinste. Wahnängste. Oder echt? Ich war mir nicht sicher. Sanny durfte schon seit ein paar Tagen nach draußen. Sie war stolz. Sie war so sicher, alles zu schaffen. Ihre einzige Angst war die Angst vor dem Dealer. Der Dealer war wohl scharf auf sie. Er hatte sie nicht nur mit Stoff unter Druck gesetzt. Sie erzählte mir sogar, dass sie in der Therapie tausend Mal geübt hätte, wie sie ihm begegnen sollte.

Aber als dann der Abend kam, war Sanny immer noch nicht zurück. Düstere Vorahnung machte sich breit. Max und Astrid tuschelten. Da stimmte doch etwas nicht?

Der Dealer? Seine Drohung? Oder war Sanny einfach abgehauen? Aber das glaubte niemand.

Zum Frühstück ist Sanny immer noch nicht zurück, in der Gruppe fehlt sie.

Sanny sprach das aus, was als Hintergrund bei vielen waberte. Sie sagte es klar und präzise. Durch Sannys Sprechen begriff ich, dass Sprache kein Gelaber ist. Sprache ist mein Ausdruck in der Welt. Ich bin ein Mensch. Nur ich, Mensch, kann sprechen. Ich kann lachen, weinen, Erinnerungen austauschen und Gedanken.

Sprache. Die Verbindung zum anderen. Eigentlich hatte ich sie durch Sanny wieder gelernt.

Wir sprechen in der Gruppe darüber.

»Drogen können tödlich sein, auch auf diese Weise«, sagt Felix.

Helene weint laut und bitterlich. Einen See von Tränen. Sie schwimmt sich frei.

Ich frage meine Eltern, ob sie mir einen schwarzen Rahmen mitbringen können. Die Angst um Sanny wabert durch meine Träume, durchzieht meinen Tag, ich spüre sie sogar in der Wärme der Dusche, ich sehe sie im Dunkel des Abends, ich rieche sie, wenn wir kochen und ich an Sannys Pizzen denke.

»Sanny«, sag ich und ich male ihren roten Mund und darunter bunte Tränen, schillernd und schwarz. Das alles steck ich in den schwarzen Rahmen.

Der Trauer einen Rahmen geben und ich schreibe hinein: Sanny muss tot sein. Groß und schwarz. Das Wort tot hat in der Mitte die Öffnung mit dem O bis in die Tiefe. Vielleicht zu Sanny. Vielleicht hört sie mich ja?

Doch heute halte ich den Atem an. Die Zeit soll stehen bleiben.

Sanny ist tot.

Sie ist vor ein Auto gerannt. Der Dealer war hinter ihr her. Wie viel Leiden gehört dazu, Schwärze, Trauer und Druck?

Und ich habe Sanny gemocht. Ja. Erst jetzt merke ich, welches Loch da ist. Wer war Sanny für mich?

Sanny hatte es doch fast geschafft. Ob der Dealer sie festgehalten hat? Und sie konnte fliehen? Und hat er kaltblütig zugeschaut, wie sie überfahren wurde?

Sanny wird beerdigt. Ich gehe mit. Es regnet, so wie es oft geregnet hat zu der Zeit, in der ich Sanny kannte.

Ich habe Sanny einen Brief schreiben wollen. Aber sie ist ja nicht mehr da. Geht mit ihr auch die Sprache?

Ich bin starr vor Trauer, höre fast nichts. Sanny, bist du da in der Holzkiste?

Sanny, wie groß muss deine Angst gewesen sein!

Sanny, mal noch einmal mit mir. Dein voller Mund, Sanny. Ich schmecke ihn, fühle ihn. Dein Körperduft, die wenigen Male, die wir uns umarmten.

Sannys Sarg wird herabgelassen. All ihre schönen Worte gehen mit unter. Sanny, lass mir deine Worte da! Sanny, lass mir ein Stück deiner Kraft! Dein Trotzdem.

Sanny, deine Kohleaugen. So tief!

Sanny. Ich weine. Ich weine hemmungslos. Ich bin ein paar Tage stumm. Trinken, um zu vergessen. Ich denke daran, wische den Gedanken wieder fort.

Meine Mutter besucht mich. Ich kann ihr inzwischen wieder ins Gesicht schauen.

»Es tut mir leid«, hat sie gesagt. »Ich habe sehr viel falsch gemacht.«

Ich kann ihr sogar von Sanny erzählen.

»Sanny wäre eine gute Schwester für dich gewesen«, meint sie.

Da weiß ich auf einmal, wie ich den Gedanken an Sanny mitnehmen kann: Sanny bleibt meine Schwester, meine geliebte Schwester, die so gut aussprechen konnte, was ich fühlte.

Danach kann Hanna auch wieder kommen. Hanna, Pippi. Aber das sage ich nicht. Noch nicht.

Wir sprechen dünne Sätze miteinander. Verständigungssätze. Hanna will wissen, was passiert ist. Und das ist auch irgendwie ihr Recht. Ich kann auch Hanna von Sanny erzählen. Von ihrer großen Kraft, ihren Worten – und von ihrem Vors-Auto-Laufen. Hanna zuckt zusammen. Hanna hört zu.

Als sie beim nächsten Mal da ist, frag ich sie sogar nach der Klasse und Herrn Liebich.

»Lebt Woyzeck noch?«, frage ich.

»Ja«, sagt Hanna. »Wir wollen zusammen in das Theaterstück gehen.«

»Da geh ich mit!«

Und da denke ich zum ersten Mal daran, wieder in meine alte Klasse zugehen.

Hanna und ich, wir berühren uns wieder. Handgeben und Händchenhalten. Zarte, spitze Lippen. Scheu.

Nein, noch nicht!

Ich bin auch viel zu schüchtern. Ich glaube, viele Jungen sind schüchtern. Man kommt sich so beschissen klein vor und dann das Mädchen küssen?

Wenn sie nicht will? Wenn sie mich zurückstößt?

Dann lieber auf Nummer sicher. Und reden und weiter Abstand halten. Viele haben Angst. Von der Angst hat Sanny oft gesprochen: »Viele haben so eine Lebensangst«, hatte sie mal gesagt, »die überzieht alles, was sie tun.«

Küsse, Hannaküsse mit deutlichen Spuren von Angst und Unsicherheit. Dabei hab ich versprochen: Hier keine Beziehung. Ich muss erst auf eigenen Beinen stehen. Trotzdem gehen die Fantasien weiter.

Das Leben beginnt, wieder Spaß zu machen!

Ich werde auch bald wieder auf eine normale Schule gehen. Das kann man. Du bist weiter im Krankenhaus, in Therapie, gehst aber zu normalen Schulzeiten zu einer normalen Schule. Zum Ausprobieren. Ich gebe zu: Davor hab ich Schiss. Schlimmer als am ersten Schultag. Beschäftigt mich in einigen Gesprächen, Therapiestunden. Ist ja auch mit viel Negativem besetzt. Eine neue, fremde Schule? Die alte Schule!

Ich hab Herzklopfen. Ja, Herr Liebich. So einen Liebich findest du so schnell nicht wieder. Ich soll doch auf eigenen Füßen stehen. Stimmt. Ein Herr Liebich hilft dabei. Ich lehne mich ja nicht an ihn an. Und trotzdem ist er Stütze. Hilft er. Und vor allem: Er sorgt für die Klasse und für jeden Einzelnen. Und dafür, dass die Klasse einen wieder aufnimmt!

Und Hanna? Kann ich Hanna wieder ins Gesicht sehen? Oder wäre gerade wegen Hanna eine andere Schule besser? Nein, ich hab doch hier 'ne Menge geschafft. Warum nicht die alte Schule? Ich kann jetzt stehen.

Gleite ich vielleicht nicht schnell wieder in mein altes Muster? Das ist eine Gefahr: alte Schule, alte Verhaltensweisen, alte Muster. Ich will wieder hin. Ich will nicht. Ich will doch. Ich rede mit Papa, mit Dr. Schröder. Schließlich fällt die Entscheidung: Zurück in die alte Klasse. Papa hat mit der Schule telefoniert.

Ich gehe zusammen mit Herrn Liebich und mächtig viel Herzklopfen in den Klassenraum. Er hat mich vor der Schule getroffen. Wahrscheinlich hat er auch in den Tagen vorher mit der Klasse gesprochen, sie vorbereitet. Er weiß, wo ich die letzten Wochen war, aber er sagt nichts dazu. Drückt mir nur fest die Hand, fast so, als wolle er mir gratulieren. Dann erklärt er mir, dass ich nicht auf eine Sonderbehandlung hoffen dürfe. »Florian, was deine Leistungen angeht, müssen wir noch einmal sprechen. Ich erwarte Einsatz von dir. Ich traue es dir zu, aber du musst dich anstrengen.« Und dann noch etwas leiser: »Wenn du Nachhilfe brauchst, melde dich bei mir. Wir finden dann eine Lösung.« Am liebsten wäre ich dem Liebich um den Hals gefallen, aber da stehen wir schon vor der Klassenzimmertür. Herr Liebich geht zuerst rein, ich folge ihm. Setze mich auf meinen alten Platz und Herr Liebich redet noch einmal mit allen. Gut macht er das, sehr einfühlsam: offen, ehrlich, voller Respekt. Und das fordert er auch von meinen Mitschülern ein. In der nächsten Pause kommt Mattis: »Finde ich super, dass du das schaffst. Alle Achtung!«

Mensch, das klingt ja wirklich nach Respekt.

Hanna ist natürlich da. Schüchtern, zart, fern. Immer wieder wirft sie mir warme Blicke zu. Die sagen: Durchhalten. Wie eine warme Brise im ersten Frühlingswind geben sie mir Kraft. Sie kommt mir fast zerbrechlich vor. Nur Alex höhnt und lästert: »Was wollen wir hier mit dem Alk?«

Wahrscheinlich hat er selbst gerade wieder geladen. Vielleicht hat der ja keine Unterstützung. Ich will jetzt. Ich will und ich schaffe das. Gerade als ich das denke, kommt Biene zu mir. Sie klopft mir auf die Schulter und sagt: »Hast uns gefehlt in der Clique. Schön, dass du wieder da bist.« Und Mattis fügt noch hinzu: »Vielleicht machen wir mal wieder was zusammen?«

Die Stunden sind schwer. Deutsch ist okay, aber in Mathe muss ich verflixt aufholen und in Französisch. Alles andere geht. Ich setze mich hin und lerne. Hausaufgaben mache ich jetzt regelmäßig, auch ohne Kontrolle. Aber ich hab auch Tage, wo es nicht so gut läuft. Wo mein Kopf leer ist und nichts hineingeht.

Doch Dr. Schröder baut mit mir wieder neuen Mut auf. Er sagt: »Eine richtig aufregende Sache hast du schon fast geschafft.«

Und wenn ich Marco treffe? Oder Nico?

Oder, ein neuer Schreck, wenn ich die Klasse wiederholen muss? Nein, ich hole das auf!

Schaff ich das? Ja, ich schaffe es!

Dr. Schröder und ich führen gute Gespräche. Ganz konkret bis zur Entscheidung. Doch da kommen auch meine Eltern zugegeben hilfreich ins Spiel. Ich will schauen, ob ich wieder in meine alte Hockeymannschaft gehe. Oder in den Sportverein. Ich habe hier das Basketballspielen entdeckt. Wenigstens einmal in der Woche würde mir das Spaß machen.

Wo werde ich eigentlich leben, wenn ich entlassen werde? Ich habe die Möglichkeit, erst mal in eine Wohngruppe zu gehen. Erst danach eventuell wieder nach Hause.

Zu Papa? Oder zu meiner Mutter? Auf einmal fange ich an, Möglichkeiten zu sehen. Alternativen. Ich kann abwägen und mich entscheiden.

Meine Eltern sehe ich inzwischen anders. Sie haben viele Fehler gemacht. Ja. Aber sie sind auch in Ordnung, probieren ernsthaft neue Wege mit mir. Das Schönste: Ich merke, sie strengen sich echt an, machen sich Gedanken und Mühen meinetwegen und für mich, ihren Sohn. Sie helfen mir. Ich habe Mamas Briefe herausgekramt. Dass ich ihre

Warmherzigkeit vorher nicht gespürt habe, erstaunt mich.

Ich gehe zu einer Basketballmannschaft. Das turnt mächtig an. Ich habe sogar im ersten Spiel einen Korb geworfen!

Meine Bilder verändern sich, werden kräftig. Sogar der Wurf in den Basketballkorb.

Fortschritte, aber auch Strecken von Öde und Wildnis. Ich habe mir die Grundsätze der Anonymen Alkoholiker besorgt. Zwei von unserer Station, die schon entlassen sind, gehen dorthin. *Die zwölf Schritte der AA* lese ich:

1. Wir gaben zu, dass wir dem Alkohol gegenüber machtlos sind und unser Leben nicht mehr meistern konnten.

2. Wir kamen zu dem Glauben, dass eine Macht, größer als wir selbst, uns unsere geistige Gesundheit wiedergeben kann.

Gut daran finde ich die Rolle des Geistigen. Der Mensch hat eine Tiefe, die viele in Alkohol oder Drogen suchen, aber nicht finden.

Vielleicht manchmal in Lichtblitzen!

Dieses Tiefe (oder Spirituelle – das hat etwas mit Geist zu tun!) geht oft verloren.

Aber was spinn ich herum. Und doch: Nach Sannys Tod wird mir das noch viel, viel klarer. Wir Menschen wissen zwar, dass wir in einem fast unendlichen Weltall leben, uns ausdehnen. Wir leben aber trotzdem so, als ob die Erde eine Scheibe wäre.

Termine, Termine. Alles messbar, überprüfbar. Das Leben als genaue, exakte Strecke von A bis Z. Doch da fehlen alle Höhen und Tiefen, die Farben, das Lachen, der Schrei, die Überraschung. Leben ist lebendig!

Da ist etwas, das weiter weist als mein kleines Ich. Es war nicht nur das Easy-Sein, das Problemverkleinern, das mich am Alkohol anlockte. Es war mehr noch das Weitersein, Größersein, als man in Wirklichkeit ist. Das Wachsen. Die Sehnsucht, das Glück.

Opa hätte es Gott genannt. Ich auch. Wie Opa. Weil ich mir nicht vorstellen kann, dass mein kleines Ich schon die Welt sein soll. Die Menschen suchen nach mehr. Das weiß ich!

Woyzeck ist auch ein Suchender. Ein strauchelnder Suchender. Ich will auch ein Suchender bleiben, darf dabei nur nicht den Boden unter den Füßen verlieren.

Die Anonymen Alkoholiker geben sehr konkrete Anweisungen für diese Suche. Dieses Sich-Anvertrauen an das Höhere, Göttliche gefällt mir einerseits. Andererseits will ich auf meiner Suche freier sein. Oder fehlt den Menschen das Vertrauen?

Damit die Hoffnung und damit auch schon ein Stück Glaube? Das meinte Opa, glaube ich. Ich habe mit Max darüber gesprochen. War ein richtig schönes Gespräch. Vielleicht geh ich doch zu den Anonymen Alkoholikern, die haben auch Gruppen extra für Jugendliche. Es könnte sinnvoll sein für mich. Ich weiß inzwischen, ich muss mir helfen, ich muss für mich einstehen. Eventuell mit einer Selbsthilfegruppe.

Durch Zufall kam bei unserem letzten Elterngespräch heraus, dass meine Eltern beide zu den Al-Anons gehen. Das ist eine Selbsthilfegruppe der Anonymen Alkoholiker für

Angehörige von Alkoholkranken. Papa meinte, das wäre einfach eine gute Möglichkeit, sich auszutauschen. Sie haben dort auch wohl sehr viel gehört, was sie im Umgang mit mir hätten anders machen sollen.

»Wir sprechen noch drüber«, Mama zwinkerte mir zu, als unsere Stunde vorbei war.

Papa meinte, er habe sich schon lange nicht mehr so intensiv mit mir unterhalten können wie in den letzten Stunden hier in der Klinik. »Mach weiter so, mein Junge!« Er klopfte mir auf die Schulter. Ich ihm. Wir uns.

Hanna besucht mich wieder. So fern. So scheu. So nah. So vertraut.

»Erkennst du mich?«, frage ich.

Da nickt sie undeutlich. Oder schüttelt den Kopf. Oder kommt mit ihrem Kopf ganz nah an meinen. Ich könnte sie jetzt fassen. Aber will sie das? Ich habe Angst. Ich mag sie. Und dadurch wird die Scheu noch größer.

Stunden – Therapien – Elterngespräche.

Die Therapien hängen mir langsam zum Hals heraus.

Auch andere Gedanken dabei: Gehirnwäsche? Glückssuche? Wo ist mein Ich?

Ich werde wütend auf Dr. Schröder.

Er schweigt. Ich schreie.

Ich mag ihn wieder. Ich schweige.

Er bittet mich um einen gemäßigten Tonfall. »Ich suche«, sage ich, stammele ich.

Suche und Sucht unterscheiden sich nur in einem Buchstaben.

»Ich suche weiter«, versuche ich mit fester Stimme zu sagen, »aber nicht mehr auf dem Irrweg der Sucht.«

Aber es ist nicht so einfach. Ich denke immer wieder an Alkohol. Easy war alles und easy ist so leicht.

Ich träume von einem Glas Bier, von Ahoi, von Marco. Doch da renn ich weg im Traum. Marco! Hilfe! Was der wohl macht? Der Prozess steht uns noch bevor. Warum war ich so doof, bei seinem Dingdrehen mitzumachen?

In meinem Traum will ich trinken. Hebe die Flasche an die Lippen wie ein Ertrinkender. Aber die Flasche ist leer. Kein Tropfen. Der Suchtdruck bleibt. Ich renne. Ich renne im Kreis.

»Kommt das immer wieder?«

Dr. Schröder nickt. »Die Krankheit bleibt wie ein Leiden in dich eingebrannt. Deswegen darf man auch nie wieder Alkohol trinken.«

Aber sie ist auch Auszeichnung. Ich habe hier gelernt, bewusst zu stehen und zu gehen. Fliegen ist auch erlaubt, soweit die eigene Schwerkraft es zulässt.

No drugs! Jetzt beginne ich den Spruch zu verstehen.

Dr. Schröder: »Lass uns überlegen, was du tun kannst, wenn du Suchtdruck bekommst.« Ich höre zu. »Du kannst dich beim Therapeuten melden. Oder bei den Anonymen Alkoholikern. Aber du kannst auch malen, baden, dich ablenken, Vokabeln lernen. Nur nicht trinken!«

Da bastle ich mir ein Schild:

Was mache ich, wenn ich Suchtdruck habe?

Ablenken.

Etwas anderes Schönes machen: malen, laufen, baden …

Ich hänge es auf. Jederzeit sichtbar. Es soll immer in meinem Kopf sein als mögliche Handlungsanweisung.

Und immer wieder Gespräche mit meinen Eltern, mit und ohne Dr. Schröder. Ich fange an, Mama wirklich anders zu sehen. Ich entdecke sogar Seiten, die ich an ihr richtig gut finde.

Was ich an Mama toll finde:

dass sie sich jetzt entschuldigt
dass sie richtig geweint hat

Was ich an Mama hasse:

dass sie losheult – zu oft
wie sie sich abwenden kann
Ich war oft Luft für sie.

Papa ist auch sehr warmherzig. Papa sagte, er trinke auch nicht mehr sein abendliches Bier. Er überlegt sogar, aus dem Haus auszuziehen. In eine kleinere Wohnung. Vielleicht sogar mehr im Zentrum der Stadt.

»Das Ganze hat mich zu sehr erschreckt«, meint er. »Wenn du aber weiter im Haus leben möchtest, müssten wir ein Miteinander gestalten. Mit einer Struktur, mit regelmäßigen gemeinsamen Mahlzeiten.«

Ich gehe zu ihnen. Nein! Ich gehe nicht. Sie sind ehrlich und warmherzig. Aber gleiten wir nicht irgendwann alle wieder ab? Ich beschließe, erst in eine Wohngruppe zu gehen. Das scheint mir sicherer. Weil ich da eine Struktur aufbauen kann. Da kriege ich Hilfe und Freiheit gleichzeitig für einen echten neuen Anfang außerhalb des Krankenhauses, werde nicht so leicht reingesogen in alte Gewohnheiten, hoffe ich.

Eines wird mir hier klar. Meine übergroßen Eltern, die ich aus Minderwertigkeitsgefühlen heraus kleinzumachen, zu verachten versucht habe – in Wirklichkeit hab ich sie ein Stück weit bewundert. Ich taste mich an meine Gefühle heran. Papa zum Beispiel bekam vor zwei Monaten eine Medaille für ausgezeichnete Trainings. Das wollte ich nicht sehen. Neid war in mir und Wut. Ekel vor mir selbst, wenn ich mich kleinmachte und soff. Scham. Eltern als Vorbild kamen nicht infrage. Passte nicht in mein Weltbild. Ich scheute jede Auseinandersetzung. War ja auch einfacher, Mama schuldig zu sehen. Schließlich ist sie ja gegangen.

Ich werde in einer Woche entlassen. Es gibt eine Wohngruppe in der Stadt. Von da aus kann ich gut meine alte Schule besuchen.

Hanna fragt bei einem ihrer Besuche: »Und bei Partys? Was machst du da?«

»Keinen Alkohol«, sage ich.

»Schwer«, sagt Hanna.

Ich besuche meine Wohngruppe probeweise zum ersten Mal. Wir sind dort sieben. Jeder hat ein eigenes Zimmer. Meines geht zum Hof. Mit Schreibtisch, Bücherregal, Bett und Schrank. Ich will meine gelben Bilder an die Wand hängen. Über meinem Schreibtisch hänge ich in einen Bilderrahmen: *Was tun bei Suchtdruck?*

Die Zeit in der Gruppe ist genau strukturiert. Ich weiß, das tut gut. Ich brauche das: 7 Uhr Frühstück. Um 19 Uhr eine gemeinsame Mahlzeit, die sogar dreimal in der Woche gemeinsam gekocht wird. Nachmittags Hausaufgaben,

Therapie, Basketball und Hockey. Sogar die gute alte Kassiopeia kann bei mir wohnen. Sie erzählt mir von Opa.

Unsere Wohnung liegt mitten in der Stadt. Man geht die Treppe hinunter und ist fast in der Fußgängerzone. Manchmal tut es gut, einfach mit den Menschen mitzulaufen! Auf der anderen Seite ist der Stadtpark. Dort werde ich joggen. Aber es macht bestimmt auch Spaß, mal zusammen einen Tee zu trinken und in unserer großen Küche zu spielen oder zu quatschen. Ich freue mich jetzt richtig auf dieses neue Leben.

Hanna besucht mich wieder. Wir gehen spazieren.

»Das mit der Fremdheit«, sagt Hanna. Da nehme ich ihre Hand. Mensch, klopft mein Herz! Es beginnt zu tröpfeln.

Hanna stupst ein paar Regentropen von meiner Nase.

»Mensch, Hanna!«, ruf ich.

In der Tür habe ich Riesenmut.

Ich flüstere ihr zu: »Hanna, Pippi.«

Sie strahlt. Ich küsse sie. Zärtlich.

Die Küsse hänge ich an die Wand. Kleine Diamanten. Sie glänzen und strahlen in allen Farben. Hannas Küsse. Mein Geheimnis. Ich werde sie mit Gold einfassen und Hanna tausend Briefe schreiben. Sehnsucht soll darin sein und Trauer und Einfachheit.

Und die tausend Küsse glänzen neben dem dunklen Sanny-Rahmen.

Jetzt ist es so weit: Ich bin in der Wohngruppe. Regelmäßig kommt mein Betreuer.

Ich bin nicht allein, die anderen sind da. Das ist ungewohnt, tut aber gut. Wir essen zusammen, wir reden viel. Manchmal bekommen wir auch Besuch. Es gibt ein Betreuerzimmer. Ein Betreuer ist immer da. Damit wir keinen Quatsch machen. Doch im Augenblick genieße ich es. Die Stimmung ist gut.

Ich werde von Herrn Fröhlich vom Jugendamt betreut. Der sieht jeden Tag nach mir. Ich mache meine Therapie weiter. Ich freue mich meist auf die Gespräche. Über meinem Schreibtisch hängt mein selbst gemachter Notfallplan. Sogar mit Therapeuten, Klinik und Notrufnummern.

Ich gehe zur Schule. Ich habe es geschafft, wieder einigermaßen einzusteigen. Ich kann sogar über meine Schwierigkeiten sprechen. Ich bin oft wahnsinnig aufgeregt vor neuen Schritten. Wie ersetze ich Alkohol? Immer noch. Welchen Sinn hatte er? Immer noch. Das sind alles schwierige Fragen. Die bleiben! Wechselnd in der Heftigkeit.

Mein »Weltbild« hat sich verändert. Während ich vorher auf etwas Großes, Unbestimmtes zuging, das man Zukunft nannte (aber groß musste es sein, groß, größer, Wachstum!), habe ich jetzt gelernt, mit meiner Durchschnittlichkeit, Langeweile und meinen normalen Motivationen auszukommen. Ebenso mit meiner manchmal großen, dann wieder kleinen Einsamkeit, mit Hoffnungen und der Wirklichkeit. Ich hatte Angst vor dieser vagen, großen Superzukunft, merke aber jetzt, dass ich in kleinen Schritten das Machbare, das vor mir Liegende bewältigen kann.

Über allem ein Schimmer Hoffnung. Ich renne durch den Park. Kahle Bäume noch, aber es riecht nach Frühling. Am

Himmel Streifen von Licht, in dunkle Wolken eingebettet ein rosa Schimmer. Ein Kaninchen hoppelt daher. Aber Zauberkaninchen gibt es nicht. Das Kaninchen mümmelt an grünen Halmen. Plötzlich rennt es fort. Ich lege auch einen Spurt ein. Da springe ich in die Luft: »Juchhu, ich schaffe es!«

Die rosa Wolke treibt weiter. Der Himmel reißt auf. Ein schaukelnder Baum im Wind. Das Licht! Ich laufe einem neuen Tag entgegen.

Ich bleibe ein Suchender. Doch mit beiden Beinen auf dem Boden.

»Du weißt, es ging hier um Leben und Tod.«
»Ja!
Ich habe begriffen.
Ich habe die Konsequenzen gezogen.
Ich habe Verantwortung übernommen.
Es ist mein Leben!«

(Diesen Text findest du auch auf der Homepage der Anonymen Alkoholiker.)

Wie man merkt, wann das Trinken zum Problem wird. Ein einfaches Zwölf-Fragen-Quiz, das dir die Entscheidung erleichtert.

Es ist schwierig, sich mit dem harten Wort Alkoholismus auseinanderzusetzen. Es ist aber niemand zu jung (oder zu alt), um Probleme mit dem Alkohol zu haben. Denn Alkoholismus ist eine Krankheit. Sie kann jeden treffen: Junge, Alte, Reiche, Arme, Schwarze, Weiße.

Es spielt keine Rolle, wie lange du getrunken hast oder was du getrunken hast. Es zählt nur, was das Trinken dir antut. Um dir bei der Entscheidung zu helfen, ob du vielleicht ein Problem mit dem Alkohol hast, haben wir diese zwölf Fragen zusammengestellt. Deine Antworten darauf gehen niemanden etwas an, nur dich selbst.

Wenn du eine dieser Fragen mit Ja beantworten kannst, ist es vielleicht an der Zeit, dich zu fragen, was durch dein Trinken passieren könnte. Und wenn du Hilfe brauchen solltest oder mit jemandem über dein Trinken reden möchtest, dann wende dich zum Beispiel an eine Beratungsstelle der Anonymen Alkoholiker (siehe »Wichtige Adressen«).

1. Trinkst du, weil du Probleme hast? Um Stresssituationen begegnen zu können?
2. Trinkst du, wenn du wütend auf andere bist, auf deine Freunde oder Eltern?
3. Trinkst du lieber allein als mit anderen?
4. Werden deine Noten schlechter? Lässt du die Arbeit schleifen?
5. Hast du schon versucht, mit dem Trinken aufzuhören oder weniger zu trinken – ohne Erfolg?
6. Hast du angefangen, in der Früh vor der Schule oder Arbeit zu trinken?
7. Kippst du den Alkohol runter, als ob du einen großen Durst stillen müsstest?
8. Hattest du jemals Gedächtnislücken durch dein Trinken?
9. Vermeidest du es, mit anderen ehrlich über dein Trinken zu sprechen?

10. Gerätst du in Schwierigkeiten, wenn du trinkst?
11. Wirst du – wenn du trinkst – oft betrunken, auch wenn du es nicht willst?
12. Findest du es toll, trinkfest zu sein?

:: Fragen zum Thema Alkohol ::

1. Welche Organe und körperlichen Funktionen werden am häufigsten durch chronischen Alkoholkonsum geschädigt?

Leber
am meisten betroffen, da sie bis zu 95 % des Alkohols abbauen muss; Folgen sind: Fettleber, Leberentzündung, Leberzirrhose.

Gehirn
Hirnzellen sterben ab, bei einem Vollrausch mehrere Millionen; geistige Leistungsfähigkeit sinkt, Depression, Korsakow-Syndrom.

Periphere Nervenzellen
Erkrankung des peripheren Nervensystems, z. B. in den Beinen; Folge: Lähmungen, Gangstörungen (Polyneuropathie).

Bauchspeicheldrüse
Akute und chronische Entzündung (Pankrealitis); gestörte Insulinproduktion führt zu Diabetes.

Niere und Lunge
Chronische Entzündungen, Schwangerschaft, schwerwiegende Missbildung des Ungeborenen.

Herz
Herzmuskelerkrankung, verfettung, Pumpkraft wird verringert (Myokardiopathie); Herzrhythmusstörungen, Durchblutungsstörungen.

Haut
Pickel und Ekzeme, Haut wirkt teigig und gealtert.

Mund und Rachen
Krebserkrankungen

Speiseröhre
Krampfadern, wenn es zu Blutungen kommt, lassen sie sich kaum noch stillen.

Magen

Magenschleimhautentzündungen

Sex

Störungen der sexuellen Funktion, Impotenz.

2. Was passiert bei wie viel Promille?

So ziemlich jeder Erwachsene hat schon mal Alkohol getrunken und wird daher mehr oder weniger wissen, dass die Wirkung von Alkohol sehr stark von der getrunkenen Menge abhängt. In welchem Verhältnis aber die Promille mit welchen psychischen Veränderungen stehen, das können die wenigsten genau angeben. Die folgende Übersicht gilt für Erwachsene. Zu bedenken ist, dass Kinder und Jugendliche wesentlich empfindlicher auf Alkohol reagieren. Kleinkinder sterben schon ab 0,5 Promille

0,1 bis 1,0 Promille: gehobene Stimmung, Wohlbefinden

ab 0,3 Promille

- leichte Verminderung der Sehleistung
- Nachlassen von Aufmerksamkeit, Konzentration, Kritik-/Urteilsfähigkeit, Reaktionsvermögen
- Anstieg der Risikobereitschaft

ab 0,8 Promille

- ausgeprägte Konzentrationsschwäche
- Einschränkung des Gesichtsfeldes um 25 % (Tunnelblick) und verminderte Sehfähigkeit
- Reaktionszeit um 30 % bis 50 % verlängert
- Euphorie, zunehmende Enthemmung, Selbstüberschätzung
- Gleichgewichtsstörungen

1,0 bis 2,0 Promille: Rauschstadium

- weitere Verschlechterung der Sehfähigkeit, des räumlichen Sehens
- gesteigerte Enthemmung und Verlust der Kritikfähigkeit
- Reaktionsfähigkeit erheblich gestört
- Gleichgewichtsstörungen
- Verwirrtheit, Sprechstörungen
- Orientierungsstörungen

2,0 bis 3,0 Promille: Betäubungsstadium

- Starke Gleichgewichts- und Konzentrationsstörungen
- Gedächtnis- und Bewusstseinsstörungen

- kaum noch Reaktionsvermögen, Muskelerschlaffung
- Verwirrtheit
- Erbrechen

3,0 bis 5,0 Promille: Lähmungsstadium

ab 3,0 Promille

- Bewusstlosigkeit
- Gedächtnisverlust
- schwache Atmung
- Unterkühlung
- Reflexlosigkeit

ab 4,0 Promille

- Lähmungen
- Koma mit Reflexlosigkeit
- unkontrollierte Ausscheidungen
- Atemstillstand und Tod

3. Was ist ein »Standardglas«?

Ein Standardglas ist ein Glas mit ca. 10 bis 12 Gramm reinem Alkohol, z. B. ein kleines Glas Bier (0,25 l), ein kleines Glas Wein (0,1 l) oder ein Glas Schnaps (0,04 l). Die in der Gastronomie verwendeten Gläser entsprechen meist diesen Vorgaben.

Sie können als Richtlinie für risikoarmen Alkoholkonsum herangezogen werden: Erwachsene Frauen sollten demnach nicht mehr als ein Standardglas an nicht mehr als fünf Tagen pro Woche trinken, Männer nicht mehr als zwei Standardgläser an nicht mehr als fünf Tagen pro Woche.

Für Jugendliche gelten wesentlich geringere Alkoholmengen, da sich der Organismus und vor allem das Gehirn noch in der Entwicklung befinden.

4. Wie kann man risikoarm Alkohol trinken?

Alkohol ist in Deutschland eine legale Droge, die zu vielen Gelegenheiten und oft auch zu viel getrunken wird. Alkohol ist in Deutschland die absolute Nr. 1 unter den psychoaktiven Substanzen! Die folgenden zehn Regeln geben Hinweise für den verantwortungsvollen Umgang mit Alkohol.

Regel 1
Für Erwachsene gilt: Trinke täglich nicht mehr als ein (Frauen) bzw. zwei (Männer) Standardgläser Alkohol.
Im Alter zwischen 18 und 20 Jahren sollte der Alkoholkonsum deutlich unter den genannten Werten liegen, da die körperliche Entwicklung noch nicht vollständig abgeschlossen ist. Frauen sollten weniger als Männer trinken, da sie aufgrund biologischer Unterschiede schneller betrunken werden.
Regel 2
Vermeide es, dich zu betrinken!
Bei jedem Rausch sterben Millionen von Gehirnzellen ab. Oftmals trägt Alkohol auch zu Aggressivität und Gewalt gegen andere bei.
Regel 3
Für Erwachsene gilt: Bleibe an mindestens zwei Tagen pro Woche alkoholfrei!
Denn täglicher Konsum – egal welche Menge du trinkst – bedeutet immer Gewöhnung, die sich sogar zu einer Abhängigkeit entwickeln kann.
Regel 4
Wenn du zwischen 16 und 18 Jahre alt bist: Ab und zu mal etwas Alkohol trinken ist okay. Starker, häufiger oder sogar täglicher Alkoholkonsum ist aber ein Warnsignal für einen problematischen Konsum. Bleibe an mindestens sechs Tagen pro Woche alkoholfrei.
Deshalb solltest du nicht regelmäßig Alkohol trinken – also nicht jede Woche. Denn je früher du damit beginnst, regelmäßig Alkohol zu trinken, desto größer ist die Gefahr, dass du später gewohnheitsmäßig trinkst oder alkoholabhängig wirst.
Regel 5
Bist du unter 16 Jahren, so solltest du am besten gar keinen Alkohol trinken, da dein Körper im Wachstum besonders anfällig für das Zellgift Alkohol ist.
Bei Kindern können bereits geringe Mengen, wie sie z. B. zwei Esslöffel hochprozentiger Schnaps enthalten, schwere Vergiftungen verursachen. Kein Alkohol in Kinderhand!
Regel 6
Sei nüchtern, wenn es auf Leistungsfähigkeit, Konzentrationsvermö-

gen und schnelle Reaktionen ankommt. Das heißt: Kein Alkohol bei der Arbeit, wenn du noch am Straßenverkehr teilnehmen oder Sport treiben möchtest.
Alkohol senkt die Konzentrationsfähigkeit und das Reaktionsvermögen. Alkohol ist auch eine der häufigsten Ursachen für Verkehrsunfälle.

Regel 7

Lebe als Schwangere und in der Stillzeit alkoholfrei!
Trinkt eine schwangere Frau Alkohol, gelangt dieser durch die Plazenta zum Embryo und greift die sich erst ausbildenden Nerven und Organe direkt an.

Regel 8

Kläre, ob du bei der Einnahme eines bestimmten Medikaments Alkohol trinken darfst.
Zum einen kann Alkohol die gewünschte Wirkung des Medikaments beeinträchtigen oder sogar verhindern und zum anderen kann es zu vielfältigen Wechselwirkungen kommen. Besonders bei Psychopharmaka und illegalen Drogen vervielfacht sich die betäubende oder anregende Wirkung unter Umständen in gefährlicher Weise.

Regel 9

Kläre, ob du wegen besonderer gesundheitlicher Risiken abstinent oder besonders zurückhaltend sein solltest!
Chronische Krankheiten können selbst durch geringe Mengen Alkohol beeinflusst werden. Dazu gehören z. B. Diabetes, Lebererkrankungen sowie Depressionen und andere psychische Erkrankungen.

Regel 10

Ältere Menschen müssen mit Alkohol besonders zurückhaltend sein.
Die Fähigkeit des Körpers, Alkohol zu vertragen und abzubauen, sinkt mit zunehmendem Lebensalter.

5. Warum ist Rauschtrinken gefährlich?

Vom Rauschtrinken (»Binge drinking«) wird gesprochen, wenn fünf oder mehr Gläser Alkohol bei einer Gelegenheit getrunken werden. Mit dem Rauschtrinken sind jedoch erhebliche Risiken verbunden, denn Betrunkene sind für sich selbst und andere eine Gefahr:

- Bei jedem Rausch sterben Gehirnzellen ab. Regelmäßiges Betrinken

führt zu einem schlechteren Gedächtnis und vermindert die Intelligenz.
- Schlaganfälle und Herzrhythmusstörungen können direkt durch einen schweren Rausch ausgelöst werden.
- Alkohol trägt oftmals zu Aggressivität und Gewalt gegen andere bei
- Umgekehrt werden alkoholisierte Frauen und Männer häufiger Opfer von Straftaten.
- Auch Selbstverletzungen, Verbrennungen und Erfrierungen sind mögliche Folgen von Trunkenheit.
- Die Unfallgefahr in allen Lebensbereichen ist für Betrunkene um ein Vielfaches erhöht.
- Besonders bei schnellem Trinken von hochprozentigem Alkohol kann es zu einer lebensgefährlichen Alkoholvergiftung kommen.

6. Wie wird Alkohol im Körper abgebaut?

Er heißt zwar Trinkalkohol, ist aber nur bis zu einer gewissen Menge genießbar. Denn Alkohol (Ethanol) ist ein Zellgift, das verheerende Folgen für den menschlichen Organismus hätte, gäbe es da nicht einen raffinierten Abbauprozess, der dafür sorgt, dass der Alkohol wieder in harmlose Stoffe zerkleinert und ausgeschieden wird.

Aufnahme

Alkohol (Ethanol) gelangt überwiegend über die Schleimhäute des Dünndarms in den Blutkreislauf, nur ein kleiner Teil über den Magen. Das Maximum der Blutalkoholkonzentration (BAK) – gemessen in Promille – wird innerhalb von 45 bis 75 Minuten erreicht. Bei Frauen ist die BAK in der Regel höher als bei Männern, d. h., sie werden schneller betrunken.

Abbau

Der Abbau von Alkohol erfolgt in den Schleimhäuten des Magens und des Dünndarms, besonders aber in der Leber. Dabei werden drei Stufen durchlaufen: Im ersten Schritt wird Alkohol durch das Enzym Alkoholdehydrogenase zu Acetaldehyd (ADH) umgewandelt, das für den Körper sehr schädlich ist.

Im zweiten Schritt wird ADH mittels des Enzyms Aldehyddehydrogenase (ALDH) in Essigsäure umgewandelt, die für den Körper weniger problematisch ist.

Im letzten Prozess wird durch eine Reihe von Enzymen Essigsäure zu Kohlendioxid und Wasser umgewandelt und schließlich umgewandelt.

Der »Kater«

Der Kopf brummt, der Magen spielt verrückt, man fühlt sich einfach elend. Dies sind die typischen Folgen von zu viel Alkohol. Hervorgerufen werden diese Symptome nicht vom Alkohol selber, sondern von seinem Abbauprodukt, dem Acetaldehyd (ADH). Wie oben beschrieben sorgt das Enzym ALDH dafür, dass sich die schädlichen Auswirkungen des ADH in Grenzen halten. Die Verstoffwechselung von Alkohol lässt sich aber nicht beschleunigen. So nimmt die BAK mit einer konstanten Rate von 0,1 bis 0,2 Promille pro Stunde ab. Hinzu kommt, dass nicht jeder Mensch im selben Maße über das Enzym ALDH verfügt, weshalb der Kater bei gleichen getrunkenen Alkoholmengen unterschiedlich ausgeprägt sein kann.

Vielen Asiaten fehlt ALDH

Rund 50 % der Menschen, die aus dem pazifischen Raum stammen, z. B. aus Japan und China, fehlt das Enzym ALDH aufgrund einer genetischen Variante weitestgehend. Als Folge davon sammelt sich die giftige Substanz Acetaldehyd (ADH) im Körper und die Betroffenen erleben bereits bei geringen Mengen Alkohol die sogenannte Flush-Reaktion: Ihnen wird übel, sie bekommen ein knallrotes Gesicht, fangen an zu schwitzen und kriegen Herzrasen.

:: Wichtige Adressen und Homepages ::

Bundeszentrale für gesundheitliche Aufklärung (BZgA)
Ostmerheimer Straße 220
51109 Köln
Tel.: 0221/8992-0
Fax: 0221/8992-300
E-Mail: poststelle@bzga.de
www.bzga.de

⇨ Allgemeine Homepage der Bundeszentrale für gesundheitliche Aufklärung. Hier findest du viele Informationen zu allen möglichen gesundheitlichen Themen und viele Links.

www.drugcom.de
⇨ Eine Homepage speziell für Jugendliche, auf der du viele Informationen zum Thema Drogen findest.
www.bist-du-staerker-als-alkohol.de
⇨ Ebenfalls speziell für Jugendliche, aber hier dreht sich alles nur um das Thema Alkohol.

Deutsche Hauptstelle für Suchtfragen e. V. (DHS)
Postfach 13 69
59003 Hamm
Tel.: 02381/9015-0
Fax: 02381/9015-30
E-Mail: info@dhs.de
www.dhs.de
⇨ Homepage zu allen Suchtfragen, sehr informativ mit vielen Hintergrundinformationen.

Anonyme Alkoholiker (AA)
Interessengemeinschaft e. V.
Waldweg 6
84177 Gottfrieding-Unterweilnbach
Tel.: 0049(0)87313 2573-0
Fax: 0049(0)87313 2573-20
Postanschrift:
Gemeinsames Dienstbüro
Anonyme Alkoholiker Interessengemeinschaft e.V.
Postfach 11 51
84122 Dingolfing
E-Mail: aakontakt@anonymealkoholiker.de
www.AnonymeAlkoholiker.de
⇨ Viele Hintergrundinformationen zu den Anonymen Alkoholikern und ihrer Arbeitsweise, aber auch Informationen zu den Meetings, die sie anbieten, z. B. auch zu Online-Meetings.

Arbeiterwohlfahrt (AWO)
Bundesverband e. V.
Oppelner Str. 130
53119 Bonn
Tel.: 0228 66850
E-Mail: bos@awobu.awo.org
www.awo.org

Freundeskreise für Suchtkrankenhilfe
Bundesverband e. V.
Kurt-Schumacher-Str. 2
34117 Kassel
Tel.: 0561 780413
E-Mail: mail@freundeskreisesucht.de
www.freundeskreisesucht.de

Blaues Kreuz in der Evangelischen Kirche
Bundesverband e. V.
Märkische Str. 26
44141 Dortmund
Tel.: 0231 5864132
E-Mail: bke@blaueskreuz.org
www.blaueskreuz.org

Deutscher Caritasverband e. V.
Ref. Basisdienste und besondere Lebenslagen
Karlstr. 40
79104 Freiburg
Tel.: 0761 2000
E-Mail: renate.walterhamann@caritas.de
www.caritas.de

Deutsches Rotes Kreuz e. V. (DRK)
Generalsekretariat
Carstennstr. 58
12205 Berlin
Tel.: 030 854040
www.rotkreuz.de

Gesamtverband für Suchttkrankenhilfe im
Diakonischen Werk der EKD e. V. (GVS)
Kurt-Schumacher-Str. 2
34117 Kassel
Tel.: 0561 109570
E-Mail: info@sucht.org
www.sucht.org

Kreuzbund e. V. Bundesgeschäftsstelle
Münsterstr. 25
59065 Hamm
Tel.: 02381 672720
E-Mail: info@kreuzbund.de
www.kreuzbund.de

Paritätischer Wohlfahrtsverband –
Gesamtverband e. V.
Ref. Gefährdetenhilfe
Heinrich-Hoffmann-Str. 3
60528 Frankfurt/Main
Tel.: 069 67060
E-Mail: gefaehrdetenhilfe@paritaet.org
www.paritaet.org

Licht am
Ende der Dunkelheit

Immer muss Kira funktionieren! Doch irgendwann hält sie den Leistungsdruck nicht mehr aus und nimmt mit ihrem Freund Jannis eine Ecstasy-Pille. Der Glücksrausch, den sie erlebt, lässt sie häufiger zur Droge greifen. Der Anfang vom Ende?

Henriette Wich
Sehnsucht Ecstasy
Einband von Kerstin Schürmann, formlabor
Ab 13 Jahren · 192 Seiten · ISBN 978-3-7817-2350-4

Irgendwas stimmt nicht in der Familie ihrer Tante, da ist Lana sich sicher. Warum trägt ihre Cousine unförmige Klamotten, spricht kaum ein Wort und verbringt viel Zeit allein mit ihrem Stiefvater? Bald hat Lana einen schrecklichen Verdacht.

Patricia Schröder
Stumme Schreie
Einband von Kerstin Schürmann, formlabor
Ab 13 Jahren · 208 Seiten · ISBN 978-3-7817-1894-4

Alle mittendrin-Romane und
es mehr unter: ***www.erika-klopp.de***

KLOPP